우리 바람으로 만나

안미숙 시집

시음사
시사랑음악사랑

시인의 말

오늘은 세상에 나아가
어떤 생각 뜯어다 다듬을까요
아직 어린 것은 더 자라게 놓아두고
전잎을 떼어내고 까칠한 껍질은 벗겨
싱싱하고 푸른 것들로
식탁을 차리고 싶습니다

나도 그랬듯이 지은이가 떠오르지 않더라도
내 가슴 울리던
담담하고 아름다운 시구 닮아
지치고 고된 인생 어깨를 두드리며
삶의 개여울 눈부신 씻김으로
마음 정갈하게 몀 감기는 울림의 소리 되어

야문 생각으로 흔들리지 않고
부드러운 사유로 다정다감하게
안부 묻는 가슴 따뜻한 문장이 되고 싶습니다

비록 허름한 뜨락에 마련된
낡고 초라한 의자와 탁자에 앉아 채우는
허기일지라도

내가 그대의 배경이 되고

그대가 나의 배경이 되는

풍경으로

푸른 하늘 어여쁜 꽃 보이는 곳에서

목마른 영혼에 시 한 끼 대접하는

무료 급식소를 차리고 싶습니다

시인 **안미숙**

♣ 1부 오후의 사색

QR 코드 스마트폰으로 QR 코드를 스캔하면 시낭송을 감상할 수 있습니다.

제목 : 허공
시낭송 : 박순애

제목 : 무녀의 딸
시낭송 : 박영애

♣ 2부 애증의 언덕

 제목 : 비처럼 음악처럼
시낭송 : 박영애

 제목 : 꽃차
시낭송 : 최명자

♣ 3부 사람의 마을

♣ ♣ 4부 세상의 정원으로

♣ 5부 그대 걷는 그 길에

1부 오후의 사색

생각해 보니
시인의 마음이 되어 비로소 견딜 수 있던
억지로라도 노래하며 살아야 했던 시절
끼니는 걸러도 세금은 내고 살고 싶던
가난이 바구미처럼 끓던 가련운 날들이었다

허공

나는 공허를 모른다
처음부터 허공이었으므로
이따금 지나는 비행기의 굉음이
마음대로 이정표를 찍고 길을 낸다
수상한 구름 소문 이끌고
저들끼리 뭉쳐 우르르 몰려다닌다
바람은 무심한 말 내던지며
치맛자락을 거둬간다
보이지 않는 하느님은
혼자 중얼거리며 침 튀기고
기도는 햇발 아래 말라비틀어진다
아이들은 꿈에 무지개 그려 놓고
단숨에 다리를 건넌다
별들은 어두운 벽에만 얼굴 들이밀고
초롱초롱한 눈 깜박인다
돌아오는 달빛은 날마다 다른 표정으로
찾아와선 얼굴을 바꾸고
모두가 내게 한마디 말 걸지 않고
놀다 간다
가진 것 없으니 잃을 것도 없다
비워놓고 보니 심심할 틈이 없다

제목 : 허공
시낭송 : 박순애
스마트폰으로 QR 코드를 스캔하면
시낭송을 감상할 수 있습니다.

10

내가 너의 숨을 앗아가듯

폭염의 낱장을 뒤적여
구름 길어온 비 몇 방울로 목축여도
살기 위해 최대한 에너지 비축하고
자라난 저 잡풀같이

땀방울 온몸 적신 생쥐 꼴로
나도 살기 위해
간신히 땅바닥에 발 쑤셔 넣고
견디는 잡풀을 뽑네

먹고 산다는 것
저도 나도 안간힘으로 버티는 날들
삶이란 내가 너의 숨을 앗아가듯
때로 누군가의 목숨
담보로 연장해가는 피치 못할
사연 하나 품고 있는 것

내 발붙인 곳 비집고
누가 들어와 나를 뽑아내도 그러려니
해야 할 이유가 되기도 할 터이다

삭발

이른 나이에 뒤통수가 훤하게
벗겨졌다는 아저씨처럼 가슴 한쪽
심을 수 없는 사랑의 모발 결핍된 채로
공터가 생기고부터
고독이 몸 구부리고 들어와 앉았다

누가 뭐라지 않는데도 왜 혼자 낯 뜨거워지고
슬그머니 무리에서 물러나 앉게 되는지
빈 모를 가져 본 이는 안다
한 올 머리카락이 빠져나갈 때
뭉텅뭉텅 빠져나가는 자신감처럼
한 올 사랑이 빠져나갈 때
올 풀린 마음 속수무책이다

외로움도 탈모처럼 유전의 형질을 가진 걸까
공허한 온몸으로 전이된 슬픔은 때로
치유 불능의 인자로 돌연변이 되어
세상을 향해 가시 돋는다
가슴 한가득 무성하다

남겨둔 미련 많을수록 더 괴로운 삶
가벼워지고 싶은 사람들
오늘도 마음을 민다

맨날 속고 살기

속이는 이 없어도
맨날 속아 사는 인생
공치던 좌판도
내일은 좀 더 잘 팔리겠지
속 썩이던 자식도
매일 조금씩 속 깊어지겠지
예고도 없이 덜컥
찾아온 감기처럼 앓다가
자고 일어나면 나아지겠지
무심히 넘기지 않는다면
오늘 이 하루도 힘겨워
어찌 쉬이 이겨 내리
곁을 주었던 이의 배반은 잊고
또 한 사람 믿어 주기
잔액이 바닥 난 통장에
액수가 늘어나고
굳어가는 표정에 미소가 돌아오길
또 한 번 희망하기
알고도 속고 모르고도 속아
속고 살았어도
참 잘 살아왔다고 말 할 수 있길

삶이 고요해지는 대목

종잣돈 없이 굴리고 온 일가
가난한 살림살이 위에 지붕 하나 얹고
살기 위해 많은 걸 못 본척했다

나보다 돈 많은 사람이 그것이요
비싼 식자재가 그것이요
값나가는 옷가지가 그것이요
잘난 자식 만들려는 치맛바람이 그것이요
훌쩍 떠나는 여행이 그것이요
돈 주고 배우는 재주가 그것이다

교양은 사색으로 지어야 하는 양식이요
욕심은 가차 없이 버려야 할
쓰레기였기에 궁색한 날 많았지만
작은 호주머니 내가 또박또박
불리는 재미에 살았다

그렇게 반백 년 걸어오고 나니
세상 탓할 일도 없거니와 큰 바람도 없다
이쯤이 삶이 고요해지는 대목이라
유유자적하며 간다

생이 눈물겹더라도

난 나를 너라고 놓는다
난 너를 나라고 놓는다

내가 너 안에 기거하는 동안
그 모든 생 와락 눈물겹더라도
너 내 안에 둔
아름다운 삶이었기에
한 세상 참 잘 살다 간다며
어느 지나는 바람에라도
비문으로 적어 놓느니

무엇으로 삶을 사느냐 묻는
일생의 시간에게
사람 아니면
어떤 것이 대신할 수 있느냐
반문하며
밝아오는 여명 안부 묻는 새벽에
사람아 당신이란 바둑돌 하나
내 마음에 옮겨 놓고
진심으로 푼 흙 한 삽 떠서
이승의 밭고랑 일구고 있다

마음 수선

모자란 성정을 재단하며
재봉질로 박아보는 다짐들이
한 땀 한 땀 시간을 기록하는 인생사

애초에 버렸어야 할 욕심들
후회와 미련 바이러스 처리하며
그래도 괜찮다 홈질해 보는 추억

솔기가 터져버린 마음 밑단
시접을 접어 넣고 공그르기 할까

매양 조심해도 지울 수 없는
살아온 흔적
돌돌 말아 감침질할까

마음은 늘 잴 수 없는 치수여서
제 마음대로 품을 늘였다 줄였다

우리가 입은 생의 옷깃이
너덜거릴 마지막 날까지
고쳐 입고 고쳐 입어야 할 생각들
누군가의 사랑으로
젖은 깃을 말리고 있다

내가 그대에게 그런 사람이었으면

바람 가진 자 새는 이유

여자가 나이 들면
남자 된다고들 하더니만
이즈음 주변에 일어나는 일련의 일들
이전보다 더 대수롭지 않다

지나갈 것 다 지나간 세월이라
그런가 싶기도 하다가
기쁜 일에도 그다지 반색일지 않고
나쁜 일에도 대로함 없으니
본디 내 성정이 그러하기도 하거니와
이런 것이 성숙이지 싶다가도
작은 일에 불현듯 일어서는 말초신경
하마 적당히 주름진 마음조차
팽팽히 당겨 세우니
살아있음의 방증일 것인가

난 사람 된 사람도
어쩌지 못한다는 바늘구멍
그것이 바람 가진 자 새는 이유인지
이생에서 어른 되긴
애당초 그른 모양이다

번지 없는 무덤

갈 때가 되면 미리 수의를 마련하고
명당을 봐두는 이들이 많습니다
남길 것 무엇인지
저로선 알 길 없습니다

누가 내 무덤 자리 어디냐 묻는다면
땅 아닌 지금 바로 여기 이 시간이
무덤이라 하겠습니다

남길 것 있다면 살아생전
함께 하는 사람들 마음에만 남기고
아무것도 가져가지 않겠습니다

어느 날 문득 부는 바람 기억에
꽃 피고 지는 풍경으로 섰다가
황혼의 낙엽 길에 애잔함으로
내려앉았다가
아련한 설산 무채색으로 남아
그리움이 되는 나의 무덤은
음각으로 새긴 시간이겠습니다

죽어서는 세상 어디에도
적을 두지 않겠습니다
내 환생의 번지수는
오직 사람의 마음속이겠지만

세월 더 흐른 후
내 아는 이 모두 이승 등질 때
그때엔 그 무덤조차
모두 거두어 가겠습니다

죽는 일도 그윽해져

가령 시간이 얼마 없다 치자 그리하여
나만을 위해 살아야 한다 치자
그러나 생 나만 있고 너 없다면
어떤 의미로 살아질까
자발적으로 지극히 자발적으로
살아감에 있어 사랑이란
거름이 되곤 하겠기에
더러 썩힌 마음 있어 속상한 자리
병 얻기도 하겠지마는
마음 가난으로 마음 둘 곳 없어
헤매기보다 그 뭉그러진 방에 누워
앓고 일어날 수 있음도
지나고 보면 다 축복이었음을
가슴에 희미하게 핀 물꽃으로
연한 행복이 피어 흐뭇해지면 그때는
그때는
죽는 일도 참 그윽해져
내 영혼 심산유곡에 닿을듯하다

참을 수 없는 마려움

생리적인 현상처럼
달려가서 풀지 않으면 안 될
마려움을 갖고 싶다

어떤 형태로든
아낌없이 가져가서
남김없이 쏟아부으며
누군가의 손에 덥석 쥐여 줄
나눔이라면 더할 나위 없겠다

개인주의
이기주의란 말 모르는
이방의 언어에 무지해
고개 갸웃하며
사람 참 변하지 않는다, 해도
마려운 내 그늘 넓혀서
허물도 다 덮었으면 좋겠다

참을 수 없는 것 있다면
그것이 사랑이라서
여기저기 갈겨서
냄새 풍기면 향기롭겠다

윤회의 발목

별것 아닌 일로 날을 세워
미워하고 배척하는 이 있다
저마다 이유야 있어서
행여 자신이 손해 볼까 다칠까
선의의 마음 거부하며
내 모자람 탓하는 어처구니
오해야 풀면 그만이라지만
풀리지 않는 매듭 동여매고
돌아선 등
그런다고 하여 어찌 똑같이 갚을까

어른들 말씀에 사람에게 받는 상처
전생 내 지은 죄 업보라 했다
지금 받는 미움 전생에 업보라면

받을 미움 다 받아서
이생에서 나를 밀어내는 자
내 미워하지 않아 갈구는 일 없이
먼 세월 건너 환생하는 날
갚을 업 쌓이지 않기를
그리하여 그를 놓아준 마음으로
나 또한 놓여나
윤회의 발목
그 업보에 붙들리지 말기를

고쳐 입는 옷

누군가의 옷을 가져다 입은 적 있다
습관처럼 밴 한 사람의 땀방울로 얼룩진 생의 문신
깊숙이 보관하고 있는
살아 있을지 죽었을지 모를
주인 없는 비늘 복이라 생각하며

누군가의 기억을 입어 본 적 있다
보지 않고 들은 말로만 입어
어딘가 헐렁하거나 어딘가 조이거나
내 몸에 꼭 맞추어 입기란 여간 힘든 일 아니어서
불편함에 벗어버리기 일쑤였다

삶이란 누군가의 옷을 가져다 고쳐 입는 일
공짜로 가져다 새로 지은 한 벌 뿐인 옷
벗고 가면 누가 또 주워 입나
허울뿐인 껍데기는 놓아두고
내 가슴으로 지은 옷
내 숨결로 물들인 옷
내 영혼이 깃든 옷
그 향기 오래는 아니더라도 가끔
입어 기분 좋은 날이면
나도 아주는 아니 가고 더러 살아 있음이겠다

비로소 견딜 수 있는

남편은 신문 배달 가고 나는 우유 배달 간다
한 오라기 삶 놓치지 않으려
잡고 이어가는 골목길 연사 공장 기계
실 잣는 소리만 교교함. 깨뜨리는 봄밤에
복사꽃 향기 수밀도 더해 가는데
유독 비 오는 날 욕망을 흔들며 출몰하던
성도착증 환자 눈빛 같은
신문에 끼워 넣은 전단이 펄럭일 때마다
검은 행과 열 맞춰 멀리 달아나던
우리가 잡으려 애쓸수록
축축이 젖어 놓치기 일쑤였던 세상
흰 우유 한 팩으로 뼈대 세운 집
밤새 팔리지 않는 희망을 적던 눈에
새벽잠이 그렁하다
생각해 보니
시인의 마음이 되어 비로소 견딜 수 있던
억지로라도 노래하며 살아야 했던 시절
끼니는 걸러도 세금은 내고 살고 싶던
가난이 바구미처럼 끓던 가려운 날들이었다
아이들 제 흘린 코 맛에 반하던
없어서 더 감사로 오던 날의 기억 되새기며
판에 박은 듯 닮은 사람들의 마음 엿보고 와
오늘도 꾹꾹 생을 눌러 적고 사는 이유다

목격자

저것은 나의 일이 아니야
외면한 마음 살려
증인이 되어야 할 시간
누가 세금 걷어 헛되이 쓰는 일 고발해
흐르는 수도꼭지 잠금도 중요하지만
누가 아프고 힘든지
세상에 증언해
함께 돌봄이 되는 신고 정신 간절하다

내가 마음 쓰니
너도 마음 쓰게 되더라는 주고받는 마음
팍팍한 현실 냉담한 일상 피의자로 세워
자신의 과오 알게 하는 일

사람 죽어 나가도
가던 길만 가는
그 눈동자 그 머리도 기억하는 일
가슴까지 느껴 싸늘한 심장 뜨거워지도록

우리가 우리 삶에 목격자로 서로
생을 걱정할 일이다

바람 한 점 부는 일 같이

한 치 앞 보이지 않는 안개 속처럼
내일은 먼 곳에 미지로 서 있고
멀리 보려 해도 내 마음 하나
다 헤아리지 못하는 흐린 혜안으로
우리 생을 논한다

예가 끝이 아닌데, 다 온 듯이 굴거나
혹은 끝없을 듯 함부로 대면한 시간
남루한 마음 하나 걸치고
대단한 무엇이라도 있는 양 살아간다

그러나 세상 수많은 사람 중 하나
바람 한 점 부는 일 같이
나의 생 소소함으로 왔다가
사라져가는 미미한
연고 없는 찰나임을 안다

그리하여 언제 내릴지 모를
이승 종착역까지
쉼 없이 자신을 찾아가는 에움길
나는 오늘도 뜻도 없이 소망도 없이
바람으로 일어나 불고
바람으로 스쳐 사위어간다

상처받을 각오

인생에 찬찬히 젖어 들어 오래 앓았다
가슴 능선 어디쯤 얹어둔 사람
바람에 부러진 가지 사이 수액으로 흘러
그리움으로 누르던
치유되지 않는 병으로

내 안에 누군가 허락한다는 것
상처받을 각오로 견디지 않으면
우리는 모두 생의 이물감만
곱씹는 허깨비로 존재하노니

망각의 강 건너갈 안개다, 그러므로
일생에 각질 벗겨지는 저녁으로 가는 시간
들길처럼 나란히 아픔과 걷기로 한다

단 한 번 오기 힘든 선물 같은 인연
문지를수록 선명한 상처가 된다 한들
석양에 번지는 노을처럼
한 때 뜨겁게 타올랐으나
천천히 식어 서서히 지는 태양의 길로

세월이 들어준 손

인덕 없고 되는 일 없고
웃을 일 많지 않아
팔자소관 탓하던 시절도 있었겠지요

아무도 내 시름 들어준 적 없고
아무도 내 설움 덜어준 적 없어
외진 곳에 피어난 꽃처럼
홀로 흔들리고 외로움에 떨며
외톨이라 생각했겠지요

하나 결코 타인이 세울 수 없던
파라다이스 그 행복의 나라
믿음과 노력 끝에 만들어진다기에
인연도 명예도 부도
연연치 않고 살다 보면
고즈넉이 넘어가는 세월이
내 손 들어주고 있었음을
알게 되겠지요
별 탈 없이 이 나이에 당도하였으니
이만하면 성공한 셈이겠지요

고독이 서성이는 곳

저녁이 햇살 접어놓거나
흐린 하늘 가지런히 빗소리 벗어놓은
어디쯤일 것이다

너는 짓무른 단풍의 형색으로
가슴 적시고
서투른 바람의 어루만짐으로 가지 꺾는다

비껴간 것들이 남긴 향수처럼
타인이 되어버린 사람들 기억 속에
솔솔 피어오르는 아련한 연무
누구도 모르게 일으키는 마약 같은
슬픔의 중독
새벽길 묻는 축시 지나
불면으로 충혈된 눈동자 위
어리는 달빛 한 줌 퍼 올리는 그리움으로

한 모금 더운물 들이마시며
속이라도 데울까 하여
내 속에 서성이는 너를 녹여낼까 하여
뜨거운 햇살 밀어 올리는
깊은 어둠의 힘으로 밤새 너를 끓였다

나무는 제 팔을 안으로 굽히지 않습니다

끼고 있는 것이 사랑이라서 평생
바람막이 된다면 좋겠습니다
그러나 다 압니다
어른 되고서도 벗어나지 못하는 관심병
어긋난 사랑에 자신을 밀어 넣어
잘 보이려 애쓴 것은 뽀록나고
이득 챙기려 함함한 것도
언젠가 들통이 납니다
영원할 것이라 믿는 울타리 넘어
알 수 없는 무엇 우리를 기다립니다

얼굴 맑은 청정한 하늘 인사하는
숲에 갔습니다
밖을 내다보라고
나무는 제 팔을 안으로 굽히지 않습니다
예쁘고 귀할수록 스스로
바람에 부딪히고
햇볕에 그을려 보라고
밖으로 내놓습니다
사랑을 빙자한 집착은 놓아먹입니다
오므린 팔 벌려야 가능한 포옹인 것
누구보다 먼저 알고 있었나 봅니다

그릇에 대한 견해

어머니 속 썩을 때마다 말씀하셨지요
내 속에서 나왔는데
누구는 속이 밴댕이 소갈딱지만 하고
누구는 속이 깊으니
한 구덩이에서 나온 그릇
어찌 이리도 다를 수 있느냐고

사람들은 똑같은 음식 시켜놓고
늘 내 그릇 남의 그릇 양 비교하지요

어제는 뷔페식당 갔는데
누구는 양껏 욕심대로 담아오고
누구는 건강식으로 담아오고
누구는 저 좋아하는 것만 담아왔지요

한 사람에게서 나온 자식도
그 생김이 천차만별이고
한 아궁이에서 구워진 그릇도
그 크기가 다 다르니
그릇을 이해한다는 것은
마음을 이해한다는 것
나는 남의 밥그릇 크기는
재지 않으려고요
다만 내 그릇 작아도
무엇을 담아 먹을까만 생각하렵니다

바다 제 시울을 닦고

지친 몸 쉬어가라, 여름 한 철 오롯이 내주었더니
피서객들 쭉정이 같은 추억
모래톱에 새겨놓고 해변의 살 핥고 갔다

존재하는 것의 이마는 세월의 자취
주름으로 갖고 사는 법
생각 한 뼘 더 깊어진 얼굴로 파도 뭍을 괴고 누워

동백섬 붉은 가슴 밤바람 물고
별들이 불 밝히는 으스름에
헐한 인생이 어디 있겠느냐며
반듯하게 펴고만 살 수 없는 생이었노라, 때로는
접고 살라는 말 대신 몸소 접영을 선보이고 있다

물 홑겹 뒤집어보면 손등 아래
수많은 생명 쓰다듬고 품었을 억겁 호미질 흔적
잔손금으로 남아 누군가 슬어 놓고 간 사연과
누대를 거쳐 제 흘린 눈물로 짓무른
시리고 아린 눈동자
바다, 그 시울을 닦고 있다

희망

오직 나에게만 올 것 같은 모습으로
잔인한 일상이 고개 쳐들 때마다
세상에서
가장 아픈 표정으로 맞은 시간 뒤에
항상 있었던 지킴이

마음이 부르기만 하면
언제든 달려 나와 깜깜한 벽 부수고
안개 낀 장막 걷어 세상을 보여주나니
떡과 포도주 나누며
나사렛 예수의 십자가처럼 홀로
꺾이지 않는 길 걷는
그대 안의 슈퍼 히어로
꿈꾸는 자에게만 현실이 되어 나타나는

보이지 않아도 눈감으면 감지되는
공기 방울의 은유와
붓을 든 바람의 스케치같이
놓지 않으면 절대 죽지 않는 불사조 영웅
한결같은 빛으로 발아하는 미지를 향한
싱그러운 손짓
우리 잡고 사는 유일한 삶의 동아줄

밥그릇

어린 시절 이모 집 놀러 갔다가
뒤꼍에서 주워 온 이 빠진 밀양 본차이나
곱디고운 사발과 접시에 밥 차려 먹었네
한여름 태풍에 깨진 장독대 있어
어머니 옹기 조각 주워 흙 담아 놓으니
들꽃이 먹고 자라 꿈을 이었네

부서진 그릇도 하늘 지붕 삼아
꽃방 하나 차렸거늘 누군가의 밥그릇은
오늘도 멀쩡히 던져지기도 하네

몸 낮춘 것들이 아껴 품은 것들
황무지에 새싹 돋게 하고
가난은 스스로 구제할 때 출구가 보여
하찮다, 버리려던 것
미처 거두지 못한 생각 추려
마음 담아 먹어 볼 일이네

동네 어귀 손수레 가득 주운 폐지
밀고 가는 할머니
질풍노도 인생 만선의 흐뭇한 얼굴 보아
때로 우리 가졌다가 버린 사소한 것
누군가의 밥그릇이었네

바람처럼

어디로든 갈 수 있는 바람처럼
어디로든 날 데려가
혼자라도 슬퍼 울지 않는
민들레 홀씨 같은 싹 하나 틔우고 싶네
일상이 그믐처럼 기울어
어느 날엔가 볼 우물 패이던 가슴에
어디로든 떠나가는
자유로운 마음 하나 선물해
고여 섞지 말라 하고 싶네

별일 없는 얼굴로 지나쳐서
별일 없는 묵례를 보내고
나도 한 시절
고요히 흐르고 싶은 것인데

겨울 지나고 다시 봄
꽃 걸음 데려와 화사하게 웃으며
살다 가고 싶은 것인데

그렇게 살다 지는 꽃잎
세상에 미련 없이 흩뿌리고 싶은 것인데

2부 애증의 언덕

어제 실망한 것으로 세상을 단정 짓지 않고

콧잔등 시큰한 울림으로

가슴에서 피어나는 다솜한 향기 기대하며

어둠이 내리는 그곳에 필 꽃을 향해 걸어간다

세상에서 가장 아름다운 이별

세상에서 가장 아름다운 이별은
이별의 날 그날에 오지 아니한다

무심한 시간이 만들어 가는
일상의 소소함 속에
간간이 귀밑머리 쓰다듬는 위로의 말이
함께 꾸려나가는 생의 모서리
툭툭 두드리며 괜찮아 잘하고 있어
등을 쓸어내릴 때

가슴 한복판 울컥 생의 행복이 밀려와
별리의 순간을 가장 아름답게 한다

그것은 우리 먼 훗날
추억이란 이름으로 적어 보낼 때
그리움 한 움큼 남겨두고
안녕이라 돌아서는
아직은 멀다 여기며
가볍게 보낸 모래알 같은 시간

세상에서 가장 아름다운 이별
그 순간은 지금 꽃 피고 있다

무녀의 딸

숱한 허언(虛言)들 가슴에 달고
사람의 언약 머리에 꽂고
세상 작두날 위서도 웃고 있는 것 보오
아무래도 난 무녀의 딸인갑소

새날의 기도로 이슬을 받아
정화수 올려놓고
오색실 꿴 기다림 앞에
정갈하게 매무새 다듬고
엎드려 그리움 세고 있는
나는 아무래도 무녀의 딸인갑소

대충대충 짚이는 인연의 허방다리
알고도 신들린 삶

시방도 옆에 없는 그대와
알콩달콩 얘기를 주고받고
손가락 걸어 약속하고
댓잎 흔드는 바람 소리
오시는 기별이거니
맨발로 달려가니
아무래도 나는 무녀의 딸인갑소

제목 : 무녀의 딸
시낭송 : 박영애
스마트폰으로 QR 코드를 스캔하면
시낭송을 감상할 수 있습니다.

38

나는 발기한다

사랑하기 위하여 모든 것 접으리니

열 살 계집아이 짓밟던 이름 모를 사내여
나는 발기한다
근거 없는 추측으로
자주 거짓된 누명 씌우던 친구여
나는 발기한다

갑을 병정 계단 놓고
가난한 이름으로 위계 세우던
어리석은 자들이여
나의 저항은 너희보다 붉게
발기하는 것

너희에게 봉기하지 않으리니
맞서 싸우지 않으면 바보라
손가락질하느냐

봉기와 발기 사이 놓인 고통 즈려밟고
너희를 잊어 내가 살아갈 즐거움
그것이 복수가 되리니
미움 버리고 품음. 택하며 간다
화를 눕히고 낙을 세운다
이것 인생 최고의 뜨거운 일어섬
세상 향한 나의 발기다

사랑

그대는 종이 다른 바람이라서
슬픔의 씨앗 하나 물고 와
이 가슴에 심었다

세상의 길들은 낯설고
날마다 검은 망토 두른
저녁이 깃을 세우고 걸으면
환전할 수 없는 내 심장
그대라는 차가운 달을 키운다

차올랐다
이내 가라앉기를 반복하며
이름 없는 별과 별 사이
집을 짓고 나를 내려 본다

구름이 얼굴 가려 볼 수 없을 때
더욱더 깊어지는 그리움으로
환하게 웃고 있을

정녕 나도 그대에게
그런 씨앗으로 뿌리 내려
발아할 수 있을까

해 질 녘의 우리

아내들이여 가자
착한 남편들이 처진 어깨 고쳐 세우고
문을 여는 현관으로
양말 가득 절은 하루 벗겨내고
발 씻어 주러 가자

남편들이여 가자
착한 아내들이 앞치마를 두르고
설거지하는 부엌으로
말없이 등 껴안고 물 묻은 손
닦아 주러 가자

우리가 이슬로 만나
서로를 적셨던 아침을 지우고
멋모르고 뜨거워져 견디지 못할 때
서로를 태우며 밀어내던 오후를 지나
그림자처럼 서로 밟고 서도 아프지 않은
해 질 녘의 우리
이제 볼 것 다 보았으니
아무것도 보지 않아도 되는
어둠 속으로 천천히 손잡고 가자
그리하여 누가 누구인지 모를
서로의 일부가 되자

우리 바람으로 만나

햇살의 입맞춤에 푸르른 잎새처럼
구름에 빛 가려도 멈추지 않는 기다림으로

한 철 뜨겁던 나비의 사랑
온몸으로 불태우다 다시 필 것을
기약하는 꽃들의 돌아섬으로

세월은 가고 오는 것
밤이 오면 돌아올 달과 별
저 하늘 어딘가 있음을 믿는 그것으로

우리 다만 바람으로 만나
서로에게 들려주는 이야기가 되고
우리 다만 바람으로 만나
뜨겁게 가슴 속 차오르는 노래가 되어

생은 평생을 등 뒤에서 안고 자야 하는
외로운 밤임을 알게 될 때
비로소 분연히 차오르는 사랑

오늘 비록 스치는 인연으로 헤어질지언정
먼 훗날 어느 길모퉁이
눈빛 선한 바람으로 우리 다시 만나

인연은 점성이 있습니다

풀 쑤어 붙인 적 없는데
그대 생각 찍찍이처럼 달라붙습니다
사람의 어디 서로에게 향하는
극과 극이 있어
자꾸만 그대를 가리키는지
나는 아직 알지 못합니다
마음 가리키는 쪽으로 가다 보면
언제나 그곳에 그대가
서 있어 꽃향기 났던 것만 기억합니다
가끔 제풀에 지치거나
당신 모서리에 긁혀
간다고 가지마는 몸 떠나도 마음
다 못 떠나고 서성입니다
유독 수제비를 좋아하던 사람처럼
서로에게 치댄 만큼 더 끈적합니다
가슴에 묻은 기억 뚝뚝 떼어내도
여전히 남아 추억이라 합니다
하여 내 좀 더 오래오래
그대 곁에서 뜨겁게 끓겠습니다
하여 내 좀 더 오래오래
그대 곁에서 앓겠습니다

이 슬픔이 저 슬픔에게

아직 눈물이 있느냐
묻는 웃음이 있다

아픈데 왜 실실 웃음이 나는지
가슴에 흐르는 계곡 하나
천지를 물바다로 만들어 놓아도
왜 자꾸 웃음이 나는지

세상사 지나고 보니
천재지변 같은
막을 수 없는 사고가 태반
그것쯤 아무렇지 않게 건너
그 물바다에 잠기지 말라고
뽀송뽀송 슬픔을 말리는
웃음이 터진다

아직 슬프냐
이 슬픔이 저 슬픔에게
펴 보이는 손바닥
슬픔도 깊으면 감사하나 건질
위로가 된다고
빠지거든
풍덩 풍덩 물장구치라고
하얀 이빨 드러내고
웃는 것이다

44

당신이란 못

고독의 벽을 들여다보면
언제나 그리움이란 이름의
당신이 슬어 있다

언제 적에 와 박힌 것인지
흐르는 시간이 모질게 박아놓아
마음 움직일 때마다
더 아프게 찔려
선명하게 멍든 상처
세월에 부식될수록
서로에게 녹슬어
내가 그대인지
그대가 나인지 분간이 안 간다

와서 박힌 것은 당신인데
수렁 같은 그 못에서
헤어나지 못하는 나라서
사랑 더 깊어진다

당신이란 못
아프지만 내려놓고 싶지 않아
지고 가는 십자가이다

그림자

아침나절의 나는 짜리몽땅한 몸
기지개 켜며 햇살을 나르기에 바쁜
거리를 쏘다닌다

시계 방향으로 줄어들었다 자라나는 키
성장점을 만지던
오후의 고독이 아지랑이처럼 피어오른다

상사의 잔소리가 많아질수록
업무의 중압감에 눌릴수록
서산마루에 나를 훔쳐보며 뒷걸음치는
태양이 얄미울수록
더 빼빼 마르고 더 길어지는 몸
거인병에 걸린다

저녁으론 잔망스러운 별들이 수런거리는
좁은 하늘이 뵈는 골목 어귀
어둠은 자꾸만 나를 잡아먹고
고개 빼고 선 가로등 자꾸 나를 뱉어내고
나는 어디서 왔는가 기억이 가물거린다

모퉁이를 돌아 빛에서 멀어지면
절지동물의 그것처럼 잘려 나간 몸뚱이
그래도 아직 죽지 않고 살아있는 그림자
나는 내일 또 부활할 것이다

46

따뜻한 위리안치

사랑을 몰라 천벌을 받는다면
아마도 아픈 사랑일 것이다
신이 내린 판결문은 그랬다
우연을 가장한 필연으로 만나
깊은 슬픔에 젖는
우리가 일찍이 맛본 맛배기 사랑
우습게 여기며 돌아선 죄로

배반의 날들 합리화하며
모르쇠로 버려두고 온
사람이 몇이었던가
애끓는 심중을 만나 반성하고
사죄하고 살아라 내려진 죗값

날이 가고 달이 갈수록
수렁 같은 아픔에 담기는 영혼
벗어나지 못할 지독한 사랑 안에
위리안치되어도
슬픔도 오래되면 따뜻해진다는 것을
신이 간과한 탓일 거다

고독을 먹고 자라 울타리 치는 사랑
그 유배를 떠날 수 없어
서성이는 이유를

어떤 라면

한밤중에 라면을 먹는다
해도 해도 서툰 젓가락질에 빠져나가는 면발
그대가 내 사랑이라면 을 먹을 때
눈물 왈칵 솟구쳐 홍수 나고
삼키지 못한 애틋함 목울대까지
울음이 범람한다

그리움이라면 그래야지
기다림이라면 그래야지
기껏 골라 먹은 라면이
자꾸만 외로움을 자극하고
서러움이 폭발한다
꿈꾸던 그 어떤 바람이 있어
이처럼 쫄깃쫄깃 심장을 유혹할까
아침이면 퉁퉁 불어 있을 얼굴 같은 그리움
구불구불 갈림길로 퍼져 있다

내 이렇듯이 그 길 끝
그대 기다리고 있을 사랑도 나라면 하고
한 솥이 된 부질없는 희망을
개수대에 쏟아 버린다

용서

삶의 변방에 살면서
삶의 중심에 돌 던지는 세상에
너그러워지기 위하여

가슴 쥐어뜯는 아픔 선사한
기억을 덮어 두는 것은
그리하여 저 아득한 세월
퇴색한 그림 되었을 때
떠올려 보면
아련한 추억의 한 시절
담담한 우리를 키워 준
상흔의 회초리였음을

나아가 힘든 날
힘겨워한 나에게도
잔잔한 위로의 말 선사하며
관대해지기 위한
선택이 아닌 필수였음을

오늘 스스로조차
주체할 수 없는
분하고 억울한 심정 위에
시간을 끌어 덮고 덮는 것

장미의 침실

가시밭에 누울 수 있다면 오세요
힘껏 안아 드릴게요
나의 그것은 당신의 그것보다
더 날카로워 그 언젠가 내 가시에 찔려
당신이 흘린 피로 내 지금도
붉게 피었나니 기억이나 하나요
용광로 같은 뜨거움으로 그대를 맞아
상처의 오르가슴 안겨줄게요
다시금 아릿한 현기증으로
깊은 밤을 날아서 뜨는 샛별인 양
찬란한 한 때 역동 맛보고 싶다면
삶의 안뜰에 놓인 그 침실로 오세요
나는 사랑을 흡혈하며 살아요
가지고 싶다면 몇 개의 상처쯤
각오하는 게 좋아요
붉고 따뜻한 입술이 기다려요
뜨거운 심장도 드릴게요
내성이 생길 때까지 끼고 살아봐요
엄살은 사양할게요
가시 맛이라고 아시려나 몰라요

꽃을 들이는 일

사람아 그대는
심장이 너무 뜨거워 시든 꽃
심장이 너무 차가워 피지 못한 꽃입니다
언제 봄처럼 나에게 와 꽃으로 피어날까
졸이던 가슴 지쳐가는 날에
생의 끝단 수놓을 한 송이 꽃을 위해
볕 잘 드는 마음 창가
당신 들여놓았습니다
이제 겨우 싹트기 시작하여
아직 꽃을 말하기 이른 시간입니다
어떤 색 어떤 향기로 필지
서둘러도 때가 되어야 맺을 일이기에
마음 다그치지 않습니다
몇 번의 계절 오고 가야 가능한 일일지
알 길 없어
수시로 물주고 창 열어 바람 씁니다
어둠 속 수런대는 그대의 꽃말에
귀 열어두고 내 진심 가져다 먹입니다
사람은 늘 서로 가꾸어주어야 피는 꽃
그대를 가꾸는 동안
그대를 가꾸는 그 마음으로
나도 꽃이 됩니다
그리하여 꽃이 된 후에도
서로에게 영원히 피어 시들지 않게 할
방도를 찾아 한시도 놓지 않는 관심으로
꽃을 들이는 일에 나는 오늘도 골몰합니다

내 생의 식목일

살아가면서 가장 힘든 일
가슴 안에 사람 하나 심는 일이더이다

수많은 날 모진 비바람 불어도
변하지 않는 맘으로 자리매김하며
가난한 날들의 기억을 모아
아프고 힘든 날에
서로에게 너른 그늘이 되는 존재로
기대어 울어도 서럽지 않을
숲이 되는 일이더이다

누구라 푸른 나무로 살고 싶지 않을까요
누구라 기댈 나무가 필요하지 않을까요

살아가면서 가장 힘든 일
한결같은 사람 하나 가슴에
키우는 일이기에
혼자 서는 나무보다
숲이 되고자 하는 바람
내 생의 식목일은
매일 매일 새들의 집이 되어주고
바람의 친구가 되어
혼자라 생각하는 그대
그 곁에 서 있는 일입니다

비처럼 음악처럼

우리 한 생 어느 길목에서 만나
비처럼 음악처럼 젖어
흥얼거리는 노래였음에
꽃눈 틔우는 봄처럼 해 맑아
벙그는 그리움으로 꽃 피었던 것을

지그시 눈 감으면 들려오는
낮은 멜로디로
한 시절 시큰하게 흔들어 깨우던
내 문밖에 홀로 떨며 서성이던
또 다른 나의
서늘한 두드림이

설혹 이제 더는 지나고 오지 않는
추억의 한 장면 되어 영혼 깊이
아픈 사진으로 걸려 있을지라도
내 생에 한 부분 없어서는 안 될
퍼즐 조각이었으므로

행여 시든 사랑이라 홀대하지 마라
그것이 나를 다녀간 곳마다
맑은 샘 하나 놓여 명경 같고
포도알처럼 푸른 음계들 가슴에
환희의 과즙 머금게 하였나니

제목 : 비처럼 음악처럼
시낭송 : 박영애
스마트폰으로 QR 코드를 스캔하면
시낭송을 감상할 수 있습니다.

53

애인이 되어 줄래요

애인이 되어 줄래요
당신이 내게 준 사랑의 성분은
따지지 않겠습니다

그저 잠시 들국화 핀 길을 걷거나
노을 지는 해변을 걸어요
아무 말도 필요 없어요
모래톱에 나란히 찍힌
발자국으로 말을 대신해 줄래요

혼자가 아니란 것만 느끼면 돼요
들창 넘어 내리는 빗소리같이
내가 듣거나 안 듣거나
허밍으로 노래 한 곡 해줄래요
가사는 풍경이 쓸 거예요

바람처럼 왔다가 떠나도 좋아요
잠시만 아주 잠시만
그 손길 느끼게 해줄래요
누군가 내 삶에 들러서
차 한 잔 나누고 간
따스한 기억이면 돼요

사랑이 죽으면

꽃이 되다만 봉오리들이 시들면
그 넋을 추모하리
사랑보다 먼저 길 떠나 꽃상여를 들고
만장보다 처절한 노래 한 소절 읊조리며
눈물 휘날리리

막걸리 대신 소주로 음복을 하고
너와 나
생사 구분이 달무리에 어룽질 때

사십구재 문지방 넘던 바람
헛헛한 폭소 터뜨리는 것은
가슴에 살아 있는 그리움의 실소인 것을

사랑이 죽으면
내 먼저 가슴 파고 깊은 무덤에 들어가
저승에서도 무섭지 말라고
그 곁에 말없이 술 한잔 치고 누우리

곡은 세월이 하라 하고
부삽에 뜬 흙 뿌리며
함께 발 뻗을 자리 모색하리

사람의 향기

예컨대,
일몰의 저녁이면 깃을 펴고 활강하는 그리움처럼
우리 생의 쓸쓸한 오후를 지나더라도

바라건대,
부디 남은 시간의 끈 잘 동여매고
너절한 하루의 남루를 채색하는 저 노을처럼
마지막은 추하지 않은 뒷모습이기를

여기 함께 생을 걸어가는 사람이여
아직 내게 다 오지 않은 그대의 마음일지라도
나는 그대 다가올 여지를 남겨 두는 사람

어제 실망한 것으로 세상을 단정 짓지 않고
콧잔등 시큰한 울림으로
가슴에서 피어나는 다솜한 향기 기대하며
어둠이 내리는 그곳에 필 꽃을 향해 걸어간다

고래가 돌아오면

세월 물길이 바뀐 탓일까
심연이 얕아진 탓일까
다녀간 지 오래인 너의 귀엽게 흔들리던
꼬리를 생각한다
잠잠해진 나의 물결을 헤치고
언젠가처럼 다시
환희의 몸동작으로 연분홍 물줄기 뿜으며
돌아올 날 있을까

너 돌아오면 지난날 다 쓰지 못한 시나리오
지금은 상영이 잠시 멈춘 영화 같은
조용하고 무료한 인생의 스크린 앞에
무대를 꽉 채울 감동으로
아름다운 대사를 읊고 기쁨의 노랠 부르고
선이 고운 춤을 준비하리라

이따금 지나는 목선 한 척에도 반가워
즐거이 함께 노닐던 시간으로
팔을 드는 안부 보고 있느냐
네가 있을 먼 그곳에 보낸 파도를 읽었을까
너를 지나온
밀물 위로 흐르는 바람에 귀를 대어 본다
주파수가 난해하다

바다는 늙어도 사랑을 꿈꾸고 해독한다

시월애(愛)

샛강 물 얼비친 하늘 깨질 듯 창백하고
바람도 지쳐 길 묻는
또 한 생 가을 저물어
봉긋한 가슴 언저리 뭉개며 쓸쓸한 그리움
산 능선 부여안고 붉게 물들어갈 때

그대 푸르던 삶 온몸으로 던져 익은
여문 빛깔로 내게 옵니다

가진, 많지 않은 것 통으로 쏟아부어
허한 가슴 잘 묵힌 자양분으로 피 되고
살 될 대지에 내민 진실한 손길
살며시 잡고 누운 계절 따뜻합니다

전 생애 순간순간 이어진 그대와의 연
동안거에 든 세상 깨워
봄이 피거든 꽃을 보내드리지요. 시몬
시월애
영영 다시 못 볼 결별인 듯 지긋한 열애
나를 안고 잠드는 낙엽이여

꽃이 돌아누운 기척

그대 곁에 꽃잠 자다가
꽃이 돌아누운 기척 느낄 때
그리움이 돋네
무럭무럭 돋네
이별이란 것이 손바닥 하나 뒤집듯
등 돌리고 누우면
사랑도 차마 떨치지 못할
미움이란 이름으로 가슴 사무쳐
거두지 못한 시선으로 고정되는 것

압정처럼 꽂힌 마음 녹슬 때까지
눈이 시리네
등이 시리네
마음이 시리네
뼈마디 마다 찬바람 휑하네

잡풀처럼 자라는 당신 생각
다 맬 수 없어 숲을 이루고
돌아누운 꽃등만 보며 뒤척이네
그 꽃 다 질 때까지

3부 사람의 마을

나의 시는

인생 살려고 산 것 아니라

살다 보니 살아지더라는 말처럼

살다 보니 써지더라는 절실함과

진실함에 목메는 자의 읍소이다

화장실에서

누군가 내 위에서 볼일을 보고
누군가 내 아래서 볼일을 엿듣는다

저 낙화를 꺼내 놓고
말할 수 있는 가장 솔직한 밤이 오면
가장 추하고 더러운 얘기들 안주 삼아
술잔 부딪히며 독한 삶의 향기
소독해도 좋으리

꺼내 놓지 못한 말들이
구질구질 쌓였다가
지독한 냄새 품은 뱃속

품새로 새어 나오는 내밀한
부끄러움이 배수관을 타고 흐른다

굳이 귀 기울이지 않아도
들리는 뻔한 비밀
누군가 내 위에서 물을 내리고
누군가 내 아래서 입을 닦는다

내 것인데도
돌아보지 않겠다고
누군가 젖혀 둔 뚜껑을 닫는 시간에

뒤통수

당신의 말엔 뒤통수가 있습니다
누군가 감동하게 하고
울고 웃게 한 듣기 좋은 뒤통수

뒤통수는 왜 늘
아름다운 말들이 치는지

참 이상합니다
사랑한다는 말을 많이 하는
사람일수록
믿음 저버리지 말자는
약속 다짐받고 다짐받을수록
배신자의 얼굴을 하고 있다는 것이

그래서 한낱 약속 따위는 믿지도
하지도 않으면서
늘 뒤통수를 내어주고 있습니다

이미 신의 지킬 수 없는
사탕발림 마음에 달라붙어
그래도 한 가닥 믿음
바탕색 칠해 둔 가슴이지만
랙에 걸린 얼어붙은 마음은
풀 수 없습니다

거짓으로 포장한 근사한
감정놀음 알면서도 속고 속아
아껴주마
애틋하고 달콤한 말들에
늘 뒤통수가 아픕니다

당신의 뒤통수는 괜찮으십니까

나는 관객이다

인생은 세상이 쓰라 하고
객석에 앉아 구경하는
나는 관객이다

홀로 쓰는 모노드라마이거나
너저분한 하류 인생이거나
주연과 조연
엑스트라 한 사람도
나에겐 소중한 배우들이다

객석에 홀로 앉아 바라보는
무대 위 그 어디쯤 서 있는 분신들
목 놓아 울다
소리쳐 웃다
너털웃음 끝 허공에
시선 붙박이다

명 주연 명대사들이

공사판에서

시장에서

들판에서

암말 하지 않고 생을 일구는 중이다

가슴으로 전해지는 감동

홀로 보는 생생한 연극 안에

주연으로 다시 태어나는

나는 관객이다

공은 넘겨주는 것

어린 날 밑도 끝도 없는 울음으로
말귀 어두운지 표현이 서툰지
칭얼대며 눈물로 내 맘 어지럽히던 아들아
부모란 무엇인가 늘 새롭게 생각하게 하더니
눈빛 무섭던 사춘기 지나 고등학생 되고
어느 날 다 어머니 덕분이라며
그 길로 공부에 열중하고
사람 대함에 더 진실해지더라

너 비록 내 몸 빌려 태어나 키우는 것
나의 소임이지만
소나 말 물가에 데려가 매어두어도
물 먹는 건 저의 몫이듯
자라며 깨우친 것 내 공 아니고
너의 공인지라 그저 은혜 알고
감사할 줄 아는
한 인간으로 성장해준 것 대견할 뿐이다
늘 부지런하고 성실하되 교만하지 말고
위아래 막론하고 참으로 사람 섬김 알 때
내 그 공 다 받은 것이나 진배없느니라

너 또한 너의 유전자 빌어 이 세상에
누가 오거든 처음은 부모로 힘쓰고
나중은 넘어져도 스스로 일어서도록
도와주는 도우미가 되어라

저마다 스승이라 부르짖는 세상
참 스승은 제 할 일만 하느니
이룬 공 모두 너의 것이니라
허니 그 공 가지고 놀지 말아라
공은 넘겨주어야 돌아오는 법이란다

초량동 텍사스촌

비 오는 부산역 낯선 냄새들이 뒤섞인 광장을
가로질러 빗길을 달려가는 자동차 불빛에 잠깐
얼굴이 드러난 건너편 이방의 나라에서
이방의 나라로 온 이방의 남자에게 몸 파는
이방의 소녀 하얀 허벅지 같은 도톰한
우리의 욕망 거기 어둠 속에 꿈틀댄다

한잔 술 취기 탓이라고 더는 간음죄
성립되지 않는 법의 정당한 외곽지대에서
제 근을 처박고 씩씩대는 당당한 바람에게
남의 나라에서 늙은 너는 다리를 벌리고
서 있었을 뿐 결코
호객행위는 아니었다고 부인하며
부인병에 걸려 가려운 곳 긁으며 묻는다

당신의 여자는 오늘도 안녕하신가요
당신의 여자는 여자를 끝장냈나요
아니면 일찌감치 문을 닫고 개장 휴업인가요
나도 한때 꿈은 현모양처였지요
욕망의 넝쿨에 감겨 보기 전에는요
남은 것은 별로 없어요
그저 남루한 몸뚱이
아직은 쓸만하니 다행히 굴리고 살아요
제 가게를 놔두고 남의 가게에서 쇼핑하는
여인의 욕망처럼 당신도
새로운 것에만 마음 일어서나요

자정 넘겨 여전히 비는 내리고
남자의 자신감은 거시기에게서 온다고
떠벌리던 머리 빈 화이트칼라
유치한 대사가 도시의 축축한
자궁 속에서 정자처럼 익사하고 있을 때
너는 기차를 기다리며 기다림을

견디지 못해 멸망하는 지구의 블랙홀
누가 오늘 밤 그곳에 또 빠져
죽어 나갔다는 후문이다

이래저래 좋은 날

고향 친구 삼봉이 동기회 가을 나들이 간다
태풍 콩레이 지나간 비닐하우스
앙상한 철근처럼 마음 허한데
일 제쳐두고 등 떠밀어 보내 준
통 큰 아내 마음 고맙기만 하다

지금 삼봉이네 정구지 밭에는
정구지만 자라는 게 아니다
몸은 나와 있어도 마음 밭엔 정구지보다
웃자란 걱정의 터럭들 무성하다

살아보니 자의든 타의든
갈아엎을 일 논밭뿐이랴
돈도 되지 않는 생각 때문에
마음 무너지고
해결책 없는 상념 잘도 자라더라
그 무엇도 쉽지 않은 일
쟁기질로 갈아엎을 때 엎더라도
오늘은 정구지 자르듯 어지럽게 자란
분심도 잘라 가을에 내다 팔고
마음 든든히 돌아가자

살아가는 일이란 사랑하는 일이어서
지독히 중독적인 것
저도 모르게 견디고 익숙해져
놀러 가기 좋은 가을날 놀러 나와
일하기 좋은 날이라 말하는 친구여
하루쯤 마음이 시키는 일로 농사지어보자

일하기 좋아 놀기도 좋은 날
이 시간 너에게 선물해도 아무도
뭐라 하지 못할 이래저래 좋은 날이다

제3병동

떡갈나무 나뭇잎 우수수 떨어진
그 숲에 가면
외로운 나무들이 산다
허기진 사랑 두 팔 벌려 광합성 하며
파르르 떨리는 잎새
가만히 눈 감고 감지하는 세상
바람의 은유를 들이마시며
불뚝 이는 가슴 진정시킨다
태어나 눈물 없이 산자 어디 있으랴
흘려보내지 못해 차곡차곡 쌓인 사연
터져 버린 뒤에야 아픔인 줄 알았으나
소리조차 잃어버려
새로운 걸음마를 뗀다
낮도 밤과 같이 고요로울 것이나
여기선 경계가 허물어진 시간
푸른 하늘이 언뜻 보이는 숲에서
낮은 공기로 떠다니며 사는 것은
평화롭다
여리고 순한 나를 내려놓고 오는
그 들머리가 먼 곳을 바라보고 있다

잡부의 하루

매일 쓸고 닦아도 닦아낼 수 없는 것들이 있다
쓸어내도 쌓이는 그리움 혹은
닦아내도 자꾸 묻어나는 슬픔 같은
전생에 다 못한 일들이 미세먼지로 날아들어
틈마다 켜켜이 쌓인 걸까
그제는 나무 가지치기를 하고
어제는 도색 작업을 하고
오늘은 배수로를 치고
삶에 밑바닥은 긁어낼 것이 너무도 많다
변기통에 머리를 박고 누군가 남기고 간
지린 내음 맡을 때 어딘가에 묻히고 왔을
내 흔적들 치우고 있을 사람 생각한다
구겨진 일상을 던져 넣는 시간
나만 세상에 버려진 것이 아니다
이 세상 쓰레기더미 청소하고 있노라면
햇살은 곰팡내로 얼룩진 후미진 삶을 말리고
비는 날림먼지 씻어 내려
먼 풍경을 가까이 데려다 놓는다
좋은 날은 좋아서 나쁜 날은 나빠서
치우고 정리할 것들이 산더미다
잡부들이, 때 절은 시간 속으로 출근할 시간이다
내일은 창을 말갛게 닦아야겠다

시인의 사회

글의 연대기엔 삶이 퇴적되어 있다
고생대 소리 없는 언어로 태어나
부적응의 중생대를 필사하며
부단히 진화해왔을 생각의 말머리

누구나 무리를 이루면
군중심리에 휩쓸리는 거라며
누군가 시인은 죽었다 했고
그래도 아직 시는 살아 있다고
궐기와 봉기를 거듭한 무리가
나를 부른다

어떤 고고학으로도 해독 불가능한
삶과 글이 마주치는 허구의 샛길
적어도 짐승은 아닌 사람이었다고
누군가 기억해 줄 희망으로
죽어서도 시인은 되지 못할
나인 걸 알아서

시인들의 집성촌에서
고만고만한 생각에 물들어
은유도 관조도 사색도 없이
베껴 쓰기와 따라 쓰기
다산의 갈급증에 걸려 뽐이나 내려고
폼이나 잡을까
러브콜에도 아직 때가 이르다
입성 미루던 이 거만함은
필시 나는 어디서도
왕따일 가능성이 농후하기 때문

나의 시는
인생 살려고 산 것 아니라
살다 보니 살아지더라는 말처럼
살다 보니 써지더라는 절실함과
진실함에 목메는 자의 읍소이다

벌어 먹고살기

사업을 말아먹고 실의에 빠진 남편
차라리 빌어먹고 살겠다고
노숙을 하고

빨간 딱지 붙어 나간 세간처럼
있던 자리 마음도 비워야 하건만
걱정 한 짐 근심 태산인 아내
그래도 벌어 먹고살아야 한다고
청소 일을 나선다

인생 고비 몇 고개일까
한 번도 지쳐
나가떨어지기에 십상이지만
욕되기 쉬운 삶
빌어먹을 것 아니면
벌어먹어 비굴하지 말아야지

벌어서 먹고 벌어서 먹인 세월이
푸른 생을 낚는다
벌어서 먹고 벌어서 먹인 시간이
갈채를 보낸다

우울의 배후

시장통 입구 채소 장수 할머니 키우던
강아지 아프다며 수심 가득하시더니
얼마 전 강아지 잃고 날이 갈수록
야위던 얼굴 며칠째 두문불출
안부가 궁금했는데, 정육점 이씨 말
어제 주검으로 발견되셨단다

죽어 한 점 고깃덩이도 되지 못한 채
허망하게 순서 없이 오가는 생이지만
언제나 거기 네가 있었다

사랑받지 못한 날들의
배후에 서서 등 떠미는 외로움

살아서 매일 겪는 고독사의 뒤편으로
슬며시 눈 돌리던 무심
혼자 견딜 것을 조장하는 세월
죄를 묻는다면 우리 서로에게 유죄다

뒷고기 집

죽음을 한 입 씹으면 그 부드러운 살결
사랑하는 사람을 만질 때 느껴지던
따스한 만족감으로
아직 생생한 탄력 유지하고 있다
정녕 우리 모르는 이승 너머의 맛은
이토록 달고 쫄깃할 것인가

비루한 것이 인생이라고
궁금한 내생을 기웃거리던 누군가는
휴지처럼 이생 버리고 만다는
인간 세상의 좁은 뒷골목
죽어서도 사람을 살리는 뒷고기 한 점
살신성인으로 누워 제 살을 태우고 있다
자신을 내어주는 것들은
불 속에서도 향기로워 우린
슬픔과 기쁨의 폭탄주 한 순배 돌린다

부위별로 발라내고 남겨진 자투리
생의 쓸모없는 각질처럼
버려질 줄 알았는데 기막힌 맛으로
우리 세포에 퍼즐을 끼워 맞추고 있다

죽은 것들의 거룩한 죽음을 애도하며
타오르는 불꽃이 따뜻하기만 한 겨울이다
이생 제 배열하고 있는
우리의 한 끼를 위해 뒷고기가 익고 있다
폐목재로 만들었다는 태고의 나무들
번개처럼 불살라지는 화장터 같은 집에서
아늑한 심장의 한쪽에 숨을 밀어 넣으며

정식이의 외상장부

맡겨 둔 것이라도 있는 양
아쉬운 일 있을 때마다
부모 찾아가 손 벌렸다는 정식이

저당 잡힐 것도 없으면서
갚으마고 큰소리칠 적
엊그제 같은데

외상장부 불 속에 집어넣고
잘 가소 아니 잘 갔소 하면서
꺼이꺼이 운다

받을 사람 없으니 갚을 길 없어
속 시원할 만도 한데
이제 누구에게 생을 꿔오나
그것이 걱정인지

누가 때리기라도 한 것처럼
서럽게 운다

안티에이징

예쁘고 바르게 살라는 경고인가 보다
어느 곳에선가 양산되고 있을
자신이 알지 못하는 모습 있다는 것은

돌아다닌다는 조잡한 소문 살포된 진원지
출처가 불분명한 안개 같은 것이라
듣고 싶지 않고 알고 싶은 마음도 없겠지만
손짓 하나 말투 하나 부풀려져
건너온 이야기에 달리는 근거 없는 추측
알고 보면 알맹이 없는 시기 질투이겠으나
늘 행동거지 조심하고 살란 뜻 아니겠는가

일일이 마음에 새겨 대응할 필요 없으나
존재함으로 진실이 되어버릴지 모를 것들
가십이라 치부하고 싶으나 충고라 생각하고
그들은 악플이라고 적어도
우리는 선플이라 읽는다

오늘의 마음 관리법
거친 마사지에도 쉽게 지치지 말 것
남이 해주니 강하기 마련 흡수는 자신의 몫
살아있는 한 계속될 안티에이징
부드럽고 매끄러워질 때까지 쭉
관리받아 봄 직하다

오시게 시장

갈 사람 가고 올 사람 오는 노포동 고속버스터미널
건널목으로 잉여의 시간이 건너가고 있다
그 뒤를 까막 고개 까마귀 몇 마리 뒤따라 날아간다
도깨비같이 사라졌다가 다시 서는 장날마다
가위질로 삶을 누덕누덕 기워 입은
지병 앓고 있다던 엿장수 삼촌
제 생 끝물 다 내다 팔았는지 오늘은 보이지 않고
얼씨구 씨구
기장 앞바다 소금 절은 말 담뿍 문 생선 몇 마리
멍한 눈동자로 좌판 위에 놓이고
절씨구 씨구
덕계에서 온 촌부의 손에 다듬어지는 풋것들이
남은 생을 정리하고 있는
시퍼렇게 눈 뜬 것들의 마지막 시간
여기에 머문 자 제 신발 만들어 신고 돌아갈 때까지
사이소 사이소 생사고락이 부둥켜안고 소리친다
난전처럼 펼쳐진 행인들의 발걸음
삶의 절정으로 치달아 뜨거운 자막으로 읽히면
다시 볼 수 있겠지. 묻는 대신
검은 봉지 속 덤으로 얹어주는 안부
까마귀는 날아도 일상의 무대 커튼콜은 멈추지 않는다
여보시게 또 오시게

내 살 내가 파먹고

누가 땅에 묻어 둔 돈 있다고
혹여 본인에게 일 생기면
누군가 알고 있어야 하지 않느냐며
그곳을 가르쳐 주마 한다
들어 둔 몇 개의 보험도
수령인을 내 앞으로 해 주마 한다

그래 언제 한 번 들리라 하건만
난 관심 없으니 돈이 어디에 묻혀 있는지
보험은 얼마나 되는지 묻지 않는다

누군가 주인이 따로 있다면
언젠가 그 사람 것이 될 것이요
내 것이 될 양이면
어떤 방식으로든 내게 올 터
아무것에도 마음이 동하지 않는다

빈손으로 와 내 손에 있는 것조차
내 것이 아닐 수 있는 생
미혹에 빠진 모습 상상하기도 싫다
그저 내 살 내가 파먹고 살아도
맘 편하면 그만이다

존재의 증명

비가 내린다
기원이 읽히지 않던 원소와 원소가 만나
물 되어 흐르듯
살아남기 위한 배운 적 없는
융합을 시도하는 세상의 미미한 존재들
강으로 바다로 하늘로 다시 땅으로
연어 떼의 지느러미를 달고 온다

우리 넘어온 시공간 몇 차원 문을 지났을까
이렇게 잠시 몸 입고 드러내는 영혼
서로에게 스며 기억이란 단자에
텔레파시 보내고 곧 멀어져 갈 테지만

지금은 먼 길 생각하지 않는다
삶이 지극히 통속한 것에서 기인하는
깨우침의 길인 것을 알기에
쓰라린 아픔이 온다 해도
오늘의 시간에 낙인을 찍는 방법으로
통으로 가슴 내어줘 볼 일

비가 스민다
가슴에 모아 둔 말 토해내며
잠시 여기 살아 있노라 대지에 몸 섞고
내일은 증발하고 없을 제 영혼
또박또박 적고 있다

통하였느냐

막힌 변기 뚫다가 당신 가슴에
내 마음 흘러갈 배관 하나
묻으면 좋겠다고 생각했다
저 더러운 오물도 지나갈 길 있거늘
찌꺼기 채 무방비로 방류되는 길 말고
흐르다 꽉 막히는 소통 부재의 길 말고
잠시 응축된 감정 부딪혀
흐름 더딜 때 있어도
이해로 푼 마음이면 금세 통할 수 있는
흘러간다는 것은 살아있음이고
살아있음은 사랑이 있다는 것
혼자서는 시공할 수 없어
당신에게 부탁하노니
무심한 세월 우리 후려쳐도
결코 절망으로 멈추지 않을 배관 하나
서로에게 묻자
우리 언제 한 번 막힘없이 통하였느냐
욕심이 길 막고 자존심이 길 막고
진부한 과거로부터 탈출하지 못한 생활
함부로 거세당한 희망이었노라 스스로
꺾은 내일로 틀어막아 버린 그곳에

통하였느냐

5.18

오~ XX 누군가 침을 뱉는다
그해 오월도 그랬으리라
칼자루 쥔 놈
총자루 든 놈
바람이 댕강댕강 봄의 목덜미 자르듯
젊은 꽃들을 잘라 포효하는 여름
탱크 앞에 바쳐 폭염을 들어 앉혔으리라
무차별이란
밟히는 것들의 꽃물 따위 안중에도 없이
진동하는 살육의 냄새에 입맛 다시며 난사하는
권력의 힘 남용하는 것
그렇게 한 시절 조롱하며 써 내려간
비극의 역사 급물살 타고 흘러왔다
세월에 모든 것 정화된다지만
지엄한 심판 앞에서도 걱정 없이
졸고 있는 저 철면피의 낯짝
바라보는 우리가 더 부끄러워
화끈거리는 것은 수치스러운 세상 바꿀
그놈의 힘이 없는 까닭
아직 밟힌 핏빛 기억 낭자한 낭하
벗어나지 못한 고통 속에 발목 시큰하게 서서
조작된 진실의 피켓 고쳐 들고, 누군가
정황이 분명한 오월의 멍을 문지르고 있다

마누라

아내는 마려운 것이 많다
TV 홈쇼핑 시청하다가 지름 똥 싸고
동창 모임 다녀와선 허영 똥 싸고
아이들 말 안 들으면 신경질 똥 싸고
동네방네 만나는 사람들 앞에선
오지랖 똥 싸고

제발 그만 싸면 안 되냔 말에 발끈해
욕 나오지 않는 것 다행이지
따발총 같은 말똥을 싼다

그것도 못 받아주냐 해서
한 사람은 참아야 조용해지지 싶어
죽을 똥 살 똥 고단한 날
옆자리 지켜준 보답으로
마음껏 마, 누라 하니
때때로 고맙다. 미소 똥 싸고
삼시 세끼 밥 똥은 여전히 잘 싸주고
살만하다 행복 똥도 싼다

그래 마, 누라
속 시원히 마, 누라
마려움 해결하니 혈색 좋은 마누라

땅끝마을

땅끝에 갔다
멀리 수평선마저 한 획으로 누워
경계를 그은 그곳
발 잠긴 곳은 바다요
그 직전은 땅끝이다
파도 찰랑거릴 때마다 달라지는
땅끝의 측도
보이지 않는 물속에도 땅은 있었다

땅끝이, 땅끝이 아닐 때
사람 마음 그 끝은 어디쯤일까
가늠해보는 일이
어리석고 무의미하게 느껴진다
착한 끝은 있어도 악한 끝은 없다는
그곳에 발붙이고 살기 위해
내걸던 진심이란 이정표
그곳이 늘 막다른 골목이었던 이유
마음에 선 하나 그어 놓았기 때문

있다는 땅끝은 내 마음에도
육지에도 없었다
다만 넘지 못한 이해의 벽이 있을 뿐
어제 보고 온 땅끝이
우리 삶에 항상 절벽을 깎아 놓아도
끝이란 없는 거였다

구멍은 왜 자라나

삶은 슬하에 자식 여럿 두었다
매번 겪는 일들과 교미 하고
낯선 시간 속에
때마다 다른 감정이란
새끼를 치고
먹어 치운 아픔만큼
슬픔을 낳는다

낙숫물이 주춧돌을 사랑하여
끊임없는 애정 공세로
가슴 헤집어 놓았다는
전설 같은 소문처럼

사랑한다는 것은
차오름이어야 한다지만
어찌하여 끝없이 쏟아부어도
채워지긴커녕
쓸쓸한 가슴으로 뻥 뚫리나

구멍은 왜 자라나
가지 않아도 될 그곳으로
오래도록 우릴 데리고
명치 끝 어디쯤 빠져나갈
바람의 길을 만드나

애쓴다는 것

마음이 일어납니다 무연히 그냥 일어납니다
나를 위해서도 아니며
타인을 위해서는 더더욱 아니며
바람이 일듯이 자연스레
어느덧 가 있는 마음이라야 합니다

애써서 내놓는 행동은 마음의 반경이 좁아서
바라보고 싶은 대로 보고
얻고자 하는 대로 노를 저어
주변 행로를 살피지 못하기에
길 잃어도 남 탓 아니거늘
애를 내어 애썼으므로
물길 어지러움은 당연지사입니다

애쓴다는 것이 인심 쓰듯 내놓는 것이라면
누구라도 도로 집어넣으십시오

내 그대에게 가 닿는 애틋함은
계절이 꽃대를 밀어 올리듯
사랑하는 마음이 이는 까닭이기에
오로지 잔물결같이 흘러 당도하는 것
애가 타도 닳지 않음은
당신에게 내가 열중하는 까닭입니다

아름다움은 마음에 살고

마음이 고와서 다녀간 자리
환히 밝히는 사람 보면
아마도 머릿속에도 꽃 피어 있지 싶어
열어 볼 수 있다면 꽃물 가득 쏟아져
어둡고 칙칙한 변두리까지 흘러
슬픔 촉촉하고 불의 바글거리는 후미진 곳
제 아픈 꽃물로 상처 어루만져 치유하고
삭정이 붙은 마음 문질러 떼어내고
새살 돋는 꽃말 하나 놓아두지 싶다
마음이 고와서
건들거리는 바람 다 받아내고
강인한 꽃대 밀어 올리는 사람 보면
나도 그 곁에서 이웃하여 살다가
꽃대 하나 밀어 올려 꽃 피어
그윽한 한 폭 풍경으로 남을까
자꾸 다가가 기대게 되는데
상기도 세상 해는 어둠이 자주 덮고
바람은 끝없이 꽃잎에 상처 내나
꽃 보내고도 지지 않는 사랑
마음이 고운사람
떨어진 꽃잎 자리 파란 잎사귀로
메마른 세상 초록 희망 매만진다

아름다움은 마음에 살고
마음에 향기는 영원토록 아름답다

아픈 손가락

내 배 틀어 낳고
젖 물려
품어 키운 자식
창씨개명
낯선 이름 붙인들
천륜 속일까
아파도 포기 못 할
사랑하는 내 새끼

짧은 시 공모 시제 : 독도

4부 세상의 정원으로

오세요 그곳으로
먼저 가서 기다리고 있을게요
당신과 나의
행복이 꽃 피는 지점

봄 공양간

공양간이 분주합니다
들엔 봄비 한 바가지 얻어 마신 보리순
동자승 머리처럼 파랗게 올라오고
시주승 바구니엔 봄나물 그득합니다
노랑 미 분홍 미 빨강 미 빛깔도 고운
작년 바닥까지 싹싹 비워 먹은 밥
가마솥에 불 지피니
다시 솔솔 향기롭게 익어갑니다

목어도 한몫 거들어 밥때를 알리면
꽃밥이 푸푸 숨을 내쉬는 봄날
그저 드리오니 발우에 비며 맛있게 잡숫고
허기진 보살님들 한해살이 또 시작이니
속 든든히 채우시고 시름은 두고 가십시오

발우공양 하세요
공양미 삼백 석에 팔려 가지 않아도
우리 공짜로 눈뜬장님
밥 한술 그저 지어지기 어려우니
이 순간 수고스러운 대지의 마음 눈으로
코로 입으로 먹고 눈 감고 바람결에 헹구어
깨끗하게 비우시고 부디 성불하소서

그랬음 좋겠네

아무나 누군가의 밥통이 되어 따끈한
고슬고슬 갓 지은 밥이었으면 좋겠네
그 밥 목메 울컥할 때
한 술만 떠먹어도 술술 넘어가는
국이었으면 좋겠네

들깬 잠속으로 마당 쓸던
비질 소리처럼 어둠을 몰아내고
달팽이들이 천천히 먹으며 와도
나무랄 사람 없는
메마른 대지 적시는
촉촉한 새벽이슬 가득한
깨끗한 아침으로 오면 좋겠네

아무나 열쇠 없는 문 열고
서로의 가슴 뒤져 먹는 사랑으로 와서
오래오래 따뜻한 그리움이면 좋겠네

돌아서던 뒷모습도
애틋한 기억으로 남아 노을 져
저 세월 추억으로 물들어 아련한
그대가 내게
내가 그대에게 그랬음 좋겠네

가진 것이 너무 많아

새벽잠 달아나는 나이
투덜대던 어제 생각하니
밝아오는 여명에
아직 가진 것이 너무 많아

청명한 가을하늘
잇몸 드러내고 웃는 세상
셔터 눌러 담을 수 있어 그러하고
새소리 물소리 사람의 목소리
노랫가락 들을 수 있어 그러하고
혓바닥에 감겨오는 만찬의 경음악
사랑한다고 말할 수 있어 그러하고
세상으로 열린 길이란 길
타박타박 걸을 수 있어 그러하고
돌아가 몸 누일
작은 방이 있어 그러하고
만나면 도란도란 이야기 나눌
사람들이 있어 그러하고

가진 것이 너무 많아
못 가진 걸 향해 불붙는 욕심
가을엔 물든 추억마저 내려놓는
한 그루 나무로
한잎 두잎 나를 버리네

행복이 꽃 피는 지점

우리 거기서 만나요
당신을 조금
버려도 괜찮다면 말이에요
저도 절 조금 버리고 갈게요

아무것도 가지지 말고
빈손으로 와 주면 좋겠어요
많이 가진 사람보다
하나하나 일구어가는 재미에
솔솔 젖으면 더 좋지 않을까요

지도에 없는 곳이라
내비게이션을 켜도 소용없겠지만
어렵지 않게 찾을 수 있을 거예요
너무 큰 것을 바라지만 않는다면

꼭 그대였으면 좋겠어요
사람에 대한 희망을 놓지 않는

오세요 그곳으로
먼저 가서 기다리고 있을게요
당신과 나의
행복이 꽃 피는 지점

동백꽃 피는 시절

오목한 잎사귀 여전히 푸르른데
동박새 울음 울던 날
붉은 각혈 쏟아내고 떠나신 아버지

그 그리움 먹고
세월 건너오신 어머니
월남치마 부여잡고
우물물이고 나르시던 양동이마다
눈물 반 서러움 반 흘리셨습니다

춥고 시린 겨울이면
노랗게 달뜬 얼굴
더 붉어지시던 마음
자식들 일가 이뤄 떠난 오늘

진종일 눈길 동구밖에 머물더니
해 저무는 툇마루
참빗으로 곱게 빗은 머리
대들보에 기대고 잠드셨습니다

담장 밑 꽃잎이
비에 젖어 떨어집니다 한 시절
낡은 그림처럼 희미해집니다
아버지 가신 옆자리
어머니 주무실
꽃 이부자리 펴나 봅니다

가을엔

가을엔
묵정밭에 지지대 하나 세웁니다
세우고 세워도 가슴을 훑고 가는
스산한 바람에 무너지는 가슴
여린 풀잎으로 흔들리다 꺾이는
나약한 허리춤에
등줄기에
고독이 범람하는 밤바다에 취해
들이키던 술잔 속에
오래된 벽보 같은 통속한 나를
수장시킵니다

가을엔 이정표를 잃어버린
낯익은 그대 방황 오늘 나와 닮아
저 너른 숲 손편지 한 장으로
위로합니다
푸른 빛 바래어져 붉게 물들어도
그대
여전히 아름다운 인연이었다고
앙상한 가지로도 다시 꽃 필
봄날 기다리며 사람을 만나고
사랑의 입자들을 챙겨 돌아가는 밤
꺾이지 않을
맘의 지지대 하나 세웁니다

폭염

터질 듯 탱탱해진 저놈의 고환
거침없는 발기를 감당 못 해
도저히 참지 못한 사정은
푸른 스란치마 위에
금실은실 자수를 놓는다
뜨거워진 하체로 부는 바람 한 점
슬몃 종아리 걷어 올리던 여자
머잖아 속곳 벗어던지고
미친 듯 산과 들 내쳐 달리겠다

우리들의 배부른 가난

굶고 살지도 않는데 말이죠
어찌 가난은 바닥을 보이지 않는 것이죠
삼시 세 끼 먹어도 외식 나간 이웃 보며 허기지고
올해 유행한다는 롱패딩이 없어 춥고
평수 작은 집에 살아서 우리들 배부른 가난엔
행복이 다녀간 흔적조차 읽을 수 없는
난시가 있습니다
주말에도 일하는 일용직 근로자 아직 많아도
연휴에 쉬고도 외국 여행 떠나지 못하는
주머니 사정이 서러운 허한 가슴 가진 우리는
물려받은 것이 가난뿐이라
물려 줄 것도 가난뿐인 비렁뱅이인가요
누구 하나 가지고 온 것 없어
가지고 갈 것도 없는 시간여행에
삶이 그저 로또 같기를 바라는,
이다음 이삿날 짐 없어서 일 덜었다고
가볍게 떠날 수 있는 이 가난이
지금은 배부른 이 가난이
상대적 빈곤에 떠는 이 못난 마음이
저기 저 저무는 시간처럼
호주머니 비워낼 순간인데 말이죠

목련화

얼마나 깊은 사랑이기에
일 년을 다시 돌아
기다린 시간
한 발짝 더 당겨 안고도
몸 한 번 섞지 않고
잉태한 봄

남
겨
두
고

계절의 구들 밑 덥히며
등불 밝혀 올리던 기도
먼저 나가 마중하다가

보름도 못 넘기고
하얀 베일 벗어둔 채
맨발로
저 세월에 투신하느냐

아 성모 마리아여
고귀한 그대 자궁에서
태어난 알몸의 봄
마구간 안이
이리도 따스하거늘

밥

삶의 급소가 찔려
누군가 내가 밥으로 보이느냐고
울분 토하던 날들이었지
그러나 가만 보면 세상 밥 아닌 것 없어
나도 언젠가 누구의 밥이 되리라
다짐해 보는 것인데
식탁에 오른 붉은 살점이
눈과 코를 호강시키던 풋것들이
생채로 혹은 풀 죽은 채
나의 밥이 되려고 왔으니

밥이 된다는 것
먹여 살리는 일이고 보면
허기진 시간의 촉수에 입던 감전
더러 졸도했던 일 그 아찔한 기억으로부터
잘 불려 앉힌 나도 기꺼이 누군가의
뜨겁고 단 밥이 되리
심연의 우물을 떠서 잡티 일고
찰지고 영양 높은
밥이 되어 살과 피가 되리
저녁별 뜨는 풍경에 앉은 사람의 집으로
김이 오르고 밥솥 달그락거릴 즈음에
뜸 든 마음 수북이 담아 배불리 먹으라고
나를 다녀가는 과객에게도
있는 찬에 수저 한 벌 내놓아야겠다

마음 한 주

언젠가 제값 한다기에
고르고 골라 마음 몇 주 샀습니다

모든 것이 곤두박질쳐도
절대 하락하지 않는
믿고 찾는 가치 주라 했습니다

그래도 그 중 몇은
기대주도 안 되는
속고 산 깡통계좌라지요 아마

조급하면 절대
상승을 기대할 수 없다고
세월이 가르쳐 주었습니다

멀리 내다보고
꾸준한 관심과 배려를 투자하면
배신하지 않고 반드시
상승곡선을 그린다고

그대가 나의
그런 마음 한주랍니다

가을은 그러하다

가을이다
내 그대에게 물들어 얼굴 붉어지는

나의 가을은 그러하다

내 밟고 다닌 시간이
나만의 것이 아니었듯이
오래지 않아
더 간절한 떨림으로 손 비비며
까르르 바스러지는 낙엽이
배웅하는 가로수 길로
애련의 편지 한 통 붙이는 일

뒷모습이 아름다운 그대와
비탈을 타고 오르는 단풍처럼
위태로운 삶에 불 댕기는 일

한번은 깊이 물들어
그대와 하나가 되어 보는 길

그리하여 아무것도 아니었던
그때로 다시 돌아갈 채비를 하는 일

그대와 썸 타고 싶어

봄이 가기 전 그대와 썸 타고 싶어
화사한 꽃봉오리 볼을 스치는
설레는 바람으로

봄이 가기 전 그대와 썸 타고 싶어
아지랑이처럼 피어올라
아쉬운 듯 아련한 사랑으로

봄이 가기 전 그대와 썸 타고 싶어
눈 감아도 느껴져 마음 한가득
차오르는 그윽한 향기로

그대 기다리는 길목
언제나 두근거리는 가슴으로
더도 덜도 말고
딱 썸만 타고 싶어

꽃샘추위

얼음처럼 차가운 배앓이가 시작되면
몇 날 며칠 뒹굴다 동면에 든
씨앗 하나 밖으로 내놓는다지

피는 것은 진통이야 소녀의
첫 월경 같은 환희와 난감 어우러져
머지않아 겪을 산통
일러주는 예언의 시간

너는 더 아름다워져서 누군가의
신부가 될 거야
눈 부신 햇살이 프러포즈 해오면
바람의 언덕에 올라
붉은 피를 쏟아 놓는 거야

낭자한 그 핏빛 속 환한
목련 등 켜고 진달래 이불 속 더듬어
너의 사랑에게 가는 거야

잠시뿐이야
떨고 있으니 더 따뜻하게 포옹해 줄
낭군님이 오고 있어

꽃들이 돌아올 시간

겨울의 가랑이 사이로
눈 덮인 산등성이 이마를 짚으며
꽃들이 돌아온다

긴긴 겨울밤 흙마루에서 잠자던
감자의 눈 속에나 있을 꿈
흐릿한 사랑의 기억을 안고
이월 햇살 단내 맡으며
배시시 고개 내밀어
싱그런 세월 한 폭 낚아 올리고
성에 낀 우리의 창가
이름 없는 날개로 향기롭다

맨발로 떠나던 아쉽고 그립던
보고픈 미소
시린 손 비비며
수많은 아침이 다녀간
세상의 정원으로
신간 한 권 들고서 꽃들이 돌아온다

다시 쓰는 생
얼어붙은 땅 심장을 더듬으며
꽃들이 돌아온다

능소화 연가

임이여
어디쯤 오시나이까

그대 오시는 길 꽃길이라
걸음 더디 오시는 게지요

봄이 다 가고 여름 왔건만
담장 밖으로 한 발 더 간
내 그리움 덩굴이 되어도

어디쯤 라일락
붉은 장미에 취해
잠드신 게지요

그대 오실 때까지
긴 장맛비 맞으며
이렇게 눈물 젖어도
사랑은 놓을 수 없는 것

그대만 보이는 눈먼 사랑에
아무도 곁에 들이지 않으려
이렇게 독을 품나 봅니다

꽃차

여인이 어린 꽃 모가지를 딴다. 똑똑
봄이 왔다고 좋아라
고개 내민 게 잘못이었을까

바깥이 훤히 보이는 찻집에 앉아
바깥을 읽지 못하는 눈빛으로
여인이 따다 덖어 말린 꽃차를
마시는 사람들

삶이 힘들다며 열기에 달달 볶이고
후끈 쪄져 살아 알만한 표정 주고받아도
피지 못한 한 삶쯤 그 누구의 일이더냐
궁금도 일지 않는 모양으로
수다가 탁구공처럼 튀어 다니는 시간

물기 하나 없이 말라 푸석한 꽃
햇살이 좋아서
이렇게라도 다시 피어보리라
그 아픈 기색 노랗게 풀어
찻잔 속에 동동 못다 핀 생 펼쳐 보인다

제목 : 꽃차
시낭송 : 최명자
스마트폰으로 QR 코드를 스캔하면
시낭송을 감상할 수 있습니다.

가을 소매치기

해마다 이맘때면 마음 털립니다
그놈 참 용하기도 하지요
어찌 냄새를 맡았는지

가슴 속 벙벙한 그리움 낙엽 따라 뒹굴면
어김없이 찾아와 주머니며 가슴 속이며
잡히는 대로 낚아채니
그 솜씨 참 대단합니다

남들 다 아는 걸 나만 몰랐는지
다들 나처럼 넋 놓고 당했는지

내게서 쓸쓸한 낙엽 타는 냄새가
나는가 봐요

다 가져가도 좋으니 좀 더 있으라
누가 저놈 좀 잡아주오

회색빛 하늘에 싸락눈 내리면
또 한잠 자고 일어나 부산을 떨 세상
서둘러 가지 않아도 모두 줄 터이니
조금 더 머물다가도 늦지 않았노라고

겨울은 봄을 업고 온다

걱정이 해결의 실마리 되고
궁리가 고통의 출구가 되면 좋겠다

먹고 살기 힘든 세월에도
어머니는 나를 업어 키우고
나도 내 자식 업어 키웠다
깍지낀 손 흘러내릴까 맞잡은 손에
사랑의 유전 하나 흐르고 있었다

이즈음 청춘 결혼을 미루고
출산도 미루고
아예 생에서 삭제하려 드는 것 많다

밥벌이 걱정 여전하나
예전과 똑같이 살아야 하는 법 없어
편리한 생각으로 사는 것도 좋다
세월이 달라 사고도 바뀌는 거지
인정해봐도
나는 아무래도 옛사람인지
책임도 의무도 생기기 전에 버린다고
인생 쉬워질까 생각한다

자식처럼 업어 키운 매일 일 년 지나
십 년 지나 평화로운 황혼에 물들고
해마다 그리 시리고 춥던 겨울은
얼음장 같은 바람 피하지 않고 지나서
봄을 업고와 내려놓았다

순탄하면 인생 아니죠

찌르면 피 나고 아픈 것이 사람이지요
그래야 살아 있음이지요
그런데 말이죠, 난 자꾸 찔러도
피 안 나는 사람 되고 싶습니다
특히 나의 나약함을 노리는 세상일 앞에서는
더더욱 냉정해지고 싶어요

겉으론 평탄해 보이고
복 많아 보이는 사람도
제 각각의 속사정 하나씩 갖고 사는 법

초기에는 알 수 없는 상해가는 달걀처럼
잘라봐야 보이는 수박의 빈 곳처럼
매끈한 얼굴 뒤에 고통이 숨어 있어
드라마를 보다가 내 일 같이
눈물 툭 흘리고
가슴 아픈 이웃 사연에 마음 쓰여도
제발 나쁜 일 두려운 일
마음 꺾는 일 앞에서는 독해지기를

순탄하면 인생 아니죠

5부 그대 걷는 그 길에

바람이 길을 물어왔다
함께 온 이들 어디로 갔느냐고

그저 혼자 가고 싶은 곳으로
가라 했다

누군가 사랑하나 봅니다

폭우가 쏟아집니다
창가에 마음 서성이더니
내 마음도 따라 쏟아집니다

저기압의 그녀와
고기압의 그가
견우직녀 같이 애타는
만남의 시간 갖나 봅니다
오작교 없는 하늘길
무작정 찾아 떠돈 그리움
오래 묵은 회포를 푸나 봅니다

하늘 자궁 안 샘물
펌프질합니다
가둔 물 왈칵 쏟아집니다

저 말리지 못할 겨운 정사
몸도 마음도 깊은 서로에게
닿았나 봅니다
천둥 번개 칩니다
사위가 고요합니다
오직 교성만 누리에 가득 찹니다
침대 흔들립니다
나도 뜨거워집니다
누군가 사랑하나 봅니다

혼자 가는 인생

바람이 길을 물어왔다
함께 온 이들 어디로 갔느냐고

그저 혼자 가고 싶은 곳으로
가라 했다

부모도 자식도
사랑을 앞세운 사람도
어디서 만나고
어디서 헤어질지 모르고
살아온 날 아니었던가

너무 가까우면 데이고
너무 멀면 추워지는 난로처럼
인연은 그런 것이라고

동행한 시간만 성심껏 나누고
더는 뒤를 캐지 말라 했다

누구를 위해 살았단 말도 말고
혼자 가야 하는 길
그것이 인생이라 했다

늘 그랬던 것처럼
나도 혼자 가고 있노라고

만월

저기 가을 하늘에
만석꾼이 식구들을 불러 모은다
둘레판 가득 오곡백과로 상을 차리고
수고한 식솔들 밥 한 끼 대접한다

때로 배고프고 야위었던 날
모두 함께 잘 견디고 살았으니
볼살 통통한 얼굴로
함박웃음 웃으라고
노릇노릇 고소하게
기름진 동그랑땡을 지져내고 있다

아름다운 튼 살

가지들이 나무둥치를 찢고 나온다
연한 잎들이 꽃들이
그 가지 또 찢고 나온다

목욕탕에서 본 중년 여인
그 맨몸 위에 새겨진 거룩한 흔적
신체 어느 한구석은 나무껍질 일어
세월의 자국 나 있다
나도 누군가의 꽃을 찢고 나와
열매가 되고
그러한 나를 또 찢어 씨방을 키웠다
상처 하나 없이 세상에 온 것 없는 법
어렵사리 튼 말이 왕래하며
길을 트고 마음도 트나니

누가 억지로는 아니고
제힘으로 찢어발기는 용기
찢어지지 않고서야 어찌 꽃이 될까 한다

강물을 바라보면 그 물결 사이
제 살 찢어발긴 틈으로
치어들이 자라듯
생명을 내놓는 것은
튼 살 한군데쯤 반드시 가지고 산다

길 중의 길

산이 좋아 산에 가고
길이 좋아 길을 걸었다
가다 보니
보이는 건 사람이더라

아무리 명산이라 이름난들
아무리 아름다운 길이라
소문난들
어찌 사람 없이 그 길이 있으랴

험준한 산을 정복하고
마라톤 같은 길을 완주해도
사람의 마음에 닿지 못하면
다 소용없는 일이더라

길 중에 최고 길
사람의 마음
그 안을 거니는 일이더라

마음의 집

어디서 어떻게 흘러오는지
어디서 어떻게 잉태되었는지
그대 향한 사랑은 지혈이 되지 않습니다

아무리 추워도
당신이 나를 여미고 있으니
어찌 슬픔인들 얼씬거리겠습니까

누가 멈추라 한들 멈추겠습니까
아무리 틀어막고 눌러도
이 심장의 펌프질은 멈추지 않습니다

하마 생이 끝나면 멎을까
그조차도 윤회의 시간여행을
떠나보아야 알듯 싶습니다

이전 그 이전의 생에서도
당신 내 사람이었던 듯
한치의 의구심도 없이
조금의 어색함도 없이

그대 내게 주신 시간이
오래 살아온 나의 집인 양
하냥 편안한 세상이기 때문입니다

나의 궁상은 따뜻하다

밥때마다 짝 맞지 않는
젓가락 맞추며 투덜대는 딸아이
늘 엄마가 이해되지 않는단다

장롱 속엔 재활용 옷뿐이고
어둑한 부엌 한쪽에서
한석봉 어머니도 아니면서 칼질을 하고
아직 구멍 난 양말 기워 신고
세탁소에 옷 한 번 맡긴 적 없는 나
지지리도 궁상이다

세상은 한 푼 보태어 주지 않고서
나를 나무란다
부끄러우니 입 밖에 내지 말라 한다

현금 서비스받아 돌려막기하고
지인에게 돈 꾸어 입성 챙기며
대출받아 집 사야 자존심이 서는 걸까

바보 같은 나는 바보 같이 살아서
속이 편하다
분수대로 살아 셈 할 일 없으니 가볍다
그리 살아서 떠돌지 않을 집 한 칸 있으니
나의 궁상은 따뜻하다

손 안 벌리고 산 세월
이것이 나의 자존심이다

우아한 거짓말

괜찮냐 묻는 당신의
걱정 한 줌과 웃음 한 자락 가져와
그 기를 들이마셔요
숨통이 트여요
피가 도나 봐요
의미 없이 던진 안부라도 좋아요
날 위해 웃어주니 고마워요

실은 괜찮지 않지만
괜찮다고 말하는 동안
내 몸에 싹이 터요
삭정이투성이 등껍질 벗겨내고
표피들이 싱그러워져요
봄눈이 나요
아마도 머잖아 꽃도 필지 몰라요

빈말에도 씨가 있어 싹 트는 법을
터득해가고 있음으로
내 인생 해피엔딩이라고
현재 진행형으로 삶을 구사해요
사소한 주문이 지닌
대단한 마력을 믿어
당신과 나의
우아한 거짓말은 계속 되도 좋아요

천국으로 가는 길

종교 없는 내게 하나님 믿지 않으면 불지옥
간다던 목사님 오늘 천국에 드시려나 조용히
눈 감으셨네 나는 하나님 나라 모르고 사람
사는 세상 사람 더 마음에 밟혀 천국에 들지
못해도 쓰고 버릴 말 저주처럼은 아니 하려네
신도들 함께 모여 가는 길 배웅하며 기도
올리는 시간 화장터 불길 속에 사라져가는 몸
하마 영혼 벌써 천국으로 가셨을까 몸 여기
불지옥 던져놓고 목사님 어느 부활의 나라 문
두드리며 설교하고 계실까 세월이 그저 땅에
묻히는 것조차 쉬이 허락하지 않아 우리 불길
지나 떠나야 하는 세상 믿음으로 산 목사님은
왜 꽃길 아닌 불길로 가셨나 하나님 나라일
알 길 없는 나는 다만 천국 만원인가 생각하네

그대가 나의 법문입니다

누군가의 마음을 읽는다는 것은
법문을 읽는 것입니다
누군가의 마음을 담는다는 것은
법문을 실천하는 것입니다

삼보일배 삼보일배
천천히 내딛는 한 걸음 사이
욕심을 내려놓고 어진 마음
펼쳐 보이는 것입니다

행여 전쟁 같은 삶이라
치도곤 치르는 날 있어도
마음의 눈은 항상
사람 안에 있어 서럽지 않도록

누군가에게 마음 내어준다는 것은
메마른 땅에 단비로 내려
꽃피게 하는 것입니다

누군가에게 마음을
내보인다는 것은 그렇게
서로 섬겨 동행이 되자는 것

뱉는 말 한마디 보이는 행동
하나도 모두 가르침이니
그대가 곧 나의 법문입니다

등나무 그늘

가급적 엉켜 살아서
서로 살 맞대고
속정 깊은 얘기 나누며
살고 싶습니다

푸른 하늘 빈터
서로 받쳐주고 밀어주고
함께 자라나
키 큰 나무 그림자로
품고 싶습니다

어울려 살면 서로 기댈
더 큰 품하나 갖는 것
휴식의 그늘로
드리우고 싶습니다

굽은 생의 길
푸릇푸릇
함께 뒹굴며
등이 휘도록 살아도
하늘 아래
희망의 꽃
조롱조롱 달고 싶습니다

갱년기 증후군

한 여자가 산비탈 내려온다. 홀씨로 날아들어
세상 이슥한 땅 품에 발 뻗고 꿈 나래 피며
싹튼 지 어언 오십 년
봉우리 보이는 능선을 향하여 높이 발돋움하여
겨우 하늘 한 뼘 비비며 푸른 얼굴로 살았다

봄에는 몰랐다. 매양 계절이 그곳에 머물러
향기 그윽한 꽃으로만 웃을 줄 알았건마는
어느새 세상에 펼쳐 보이던 수줍던 꽃잎
한 잎 두 잎 지고 푸른 잎사귀 울긋불긋 물들어
곱던 것도 한 철, 영화로운 날들 영화처럼 꺾이어
어느 쓸쓸한 저녁 벽에 걸린 드라이플라워라도
될 수 있으려나

이제 벌목 당한 몸뚱이 마르고 무거운 걸음
민둥산을 내려간다. 이유 없이 열독이 오르고,
이유 없이 슬픔을 들이키고, 이유 없음에 화가 나
차갑게 발길질하며 가파른 산 우울하게 내려온다

아, 여자를 여의어가는 중인가 보다

미안해하지 않고 살기

어려서는
홀어머니 칠 남매 키우는 설움이
그저 서러워 힘겨울지라도
자식에게 미안해하지 않기를 바라며
말 잘 듣고 살았습니다

하고 싶은 것 많고
먹고 싶은 것 많아도 어리광은
가슴 속에나 묻어 두기로 했습니다

또래들 제 나이 즐기는 철없음.
흐뭇하게 바라보며
세월 도둑맞은 기분으로
가난한 마음에 외로움만 키웠습니다

커서는
고물고물 어린 것들
부모 걱정하며 미안해하지 말라고
씩씩하게 살았습니다

내 마음이 평온해야
자식에게도 따뜻할 수 있으니
한시도 흐트러지지 말아야 했습니다

사노라 지칠 법도 한 날들
그때는 순간순간이 곡예이기도 했습니다

지난한 날 생각하니
그것도 다 나 자신을 위한 일이었습니다
아쉬운 것 없는 생이 어디 있을까요

이제는 부모도 자식도 마음에서 놓아주고
자신에게 좀 더 충실 하렵니다
먼 훗날 내가 내 걱정하며
자신에게 미안해하지 않도록 살려 합니다

자유로 가는 길

가도 안 간 것이요
안가도 간 것이다

나는 길을 모른다
물어 가면 더 편할까만
그냥 가 본다
흉포한 폭주족의 질주에
겁먹고 잡은 운전대
두려움 내려놓고
힘 빼고 직시하는 앞

웬만하면 경적 누르지 않고
누구든 앞서가거라
비켜주는 안전거리

끼어들기
빠른 몇 분에 전전긍긍
심장 두근거리기 싫어

모두 나보다 먼저 지나가라
마음에 한길을 들여놓았다

덤으로 사는 생

지나고 보니 다 공짜였더라
세상에 와 자릿세 한 푼 내어준 적 없더라
늘 희망에 발 담그고 살면서
아픔은 베어 물고 슬픔은 깨물어 먹고
그리움 팔 베개 삼아
기다림의 노 저어 덤으로 산 세월이었다
나를 키운 세상에
공치사 한번 한 적이 없더라

세상에 소풍 와 어떤 자리를 펴고 쉬었나
소슬바람 무동 태워
우리를 내일로 데려가건만
그 등에 업혀 날 새면 길들여진 사람과
길들여진 일들을 주억거리며
불만을 토로하기에 바빴더라

세상에 와 이루고자 했던 일말의 꿈
사람을 진정 이해하는 일 다 이루지 못하고
오늘도 받은 것 많으나
그저 얻어가는 하루이더라

담쟁이

순이 새순에게 등을 내어주고
잎이 새잎을 받쳐주고
함께 오르는 저 계단을 보아라

일 층에 사는 것도
백 층에 사는 것도
모진 비바람 서로 손 꼭 잡고 견딘 나날
햇살 한 줄기에 감사하며
세상 향해 보내는
가슴 따뜻한 저 다정을 보아라

간지러운 구석 참으며
무겁고 고된 삶 지고도
부르튼 발로 견디는 뿌리 같은
어미 사랑 마음에 새겨
싸우지 않고 정답게 사는
저 푸른 왕국의
수신제가 치국평천하를 보아라

믿음의 방식

대학 졸업하고 감사하게도 취직한 아들
먼바다 큰 배 타고 일 나가니
좋은 일과 나쁜 일은 짝 이뤄 온다고
안전이 걱정입니다
누구는 석가탄신일 등 달으러 가라 하나
나는 불우 아동 밥값에 보태려 합니다

세상의 기도란 무엇인가
불안한 마음 믿음에 의탁할 수 있으니
의지하고 위안 삼으면 나쁘지 않겠습니다

그래도 내 생각에는 사람이 우선이라
내 자식 아끼는 마음으로
남의 자식 챙겨 기도를 대신하고 싶습니다

비바람 거센 풍랑 걱정
부러 잡은 자라 사다 방생하고
용왕 먹이는 것도 내 믿음의 방식과 달라
요양병원 노래 봉사 갑니다

나의 종교는 신보다 먼저
사람 섬기는 일이었으면 합니다

올라갈 때 못 본 그 꽃

올라갈 때 못 본 그 꽃
내려갈 때 본, 이 있었네

우리 어리석어
깨우침의 때 더디 오지만
때론 까막눈이었다가
불현듯 어둠 밝히는 기적으로
환하게 타오르는
불꽃이 피는 줄 알았더니

그렇게 눈 뜬 아름다움
짧은 탐닉으로 얼룩지지 않게
오래오래 아끼며 바라보고
향기롭게 간직하라는
계시임을 알았더라면
더 좋았을 것을

올라갈 때 못 본 그 꽃
세상 지천인데
함부로 밟으라 핀 꽃 아니고
함부로 꺾으라 핀 꽃 아닌데
내려갈 때 보았다는 이
무엇에 눈을 뜬 것인지

꽃 피고 지는 아픔
헤아리지 못할 양이면
올라갈 때 그랬듯
내려갈 때도 눈길 주지 말지

부모

그 속에서
나온 건 나인데

내 속을 다녀간
생각처럼 환하다

말 놓고 사는 사이

봄아 부르면
한달음에 달려와 말 트는 꽃처럼
낯선 계절이 다가와도
본연의 모습 그대로 보이는 것은 편하다

숙아 부르던 어머니 호명에
엄마 불렀어! 대답하던
때로, 높이지 않아도 존경이 담긴
놓인 말이 있듯

생면부지 모르는 사람으로 만나
자기야 사랑해
나이도 잊고 가까워진 인연 속에도
하대하는 감정은 없다

사람으로 동등하게 대우하되
스스럼없는 관계의 미학
그대와 나 격의 없이
말 놓고 사는 사이

달팽이 여행기

누군가에겐 한 걸음 보폭
그다지 멀지 않는 걸음이건만
한나절 건너가도 다 못 건널 저 풀밭
내게 주어진 느림의 미학 음미하며
빨판이 끈적하다
삶에 붙들려 산다는 것은
끈적한 정 들어 산다는 것

하루를 일 년같이 더듬어가는 시간은
일각이 생생하여 촉이 살아 있다

찰나를 분해하며 습득한 감정
어쩔 수 없어 익숙해지다가
이제는 느긋하다
그사이 먼 하늘 얼마나 많은
솜털 구름 다녀가고
쉴 새 없이 바람의 마라톤 이어졌던지
나와 무관하게 달려가는 것들
물끄러미 바라보며
오늘을 내일로 옮겨놓는 새벽
맑은 이슬 또로록 내 머리를 씻긴다

마음 열면 세상이 합니다

마음을 쓸었습니다
빗자루 지나간 만큼
어둠이 한 꺼풀 벗겨졌습니다

마음을 닦았습니다
뿌연 바깥 풍경이
안으로 들어와 가까이 앉았습니다

걸어 잠근 빗장 풀고
대문도 활짝 열었습니다
세상 한 귀퉁이에 있던 외딴집
세상 중심에 우뚝 솟습니다

중심을 안에서 밖으로 옮겨놓으니
세상이 들어와 먼지 쓸고 닦고
지나던 바람도 놀다 가고
햇살도 쉬어갑니다

많은 것들이
안부를 묻고 다녀간 자리 이제 내가
닦지 않아도 반들반들 윤납니다

물꽃

묻고 또 물으며 살았습니다
정녕 내 생 종착역 어디냐고

아무도 대답해 주는 이 없이
수많은 날 흘렀습니다

한때 떠돌이 구름으로 살아
키우던 알 수 없는 그리움
새벽별 명멸하는 이른 아침
한 방울 이슬로 내려
어느 뜨락 풀잎 적시며
심연의 뿌리 타고
메마른 가슴에 흐를 때
가려운 당신 외로움 씻으며
이윽고 내 삶의 이유에 다다릅니다

가슴에 담은 봉인된 말 한마디
상봉의 뜨거운 눈물로 떨구며
먼 거리 허적허적 걸어온 발걸음
비로소 당신에게 닿아
지친 몸 부려 놓으니
기다리던 그 절정의 시간
고귀한 왕관 씌워질 때
순간 물꽃으로 피어나
내 인생 한 살이가 완성됩니다

등대 표류기

몇 안 되는 나의 종족이 자리 잡은 터
아슬한 뭍의 끝입니다

한 발짝 내디디면 넓은 바다인 것을
어찌 숙명의 일터에 발 묶인 것인지
아무리 해도 알 길은 없으나
누군가의 정박을 위한 이정표 되어
어둠 지키는 파수꾼으로 삽니다

성근 별들 하늘에서 나도 그러마 하고
눈빛 주고받으며 검은
도포 자락 안에서 빛을 냅니다

갈매기 떼 나에게 와 묻는 안부에
바람이 앉아서 속닥거리는 소리에
이렇게 한갓지게 살아도
돌아갈 곳 없는 나
길 잃은 배 나침반이니
비록 살아남기 위한 외로운 홀로서기
그렇한 눈물 고인 삶이어도
참 괜찮은 생이다 싶은 표류기입니다

우리 바람으로 만나

안미숙 시집

2019년 9월 26일 초판 1쇄
2019년 10월 1일 발행
지 은 이 : 안미숙
펴 낸 이 : 김락호
디자인 편집 : 이은희
기 획 : 시사랑음악사랑
연 락 처 : 1899-1341
홈페이지 주소 : www.poemmusic.net
E-Mail : poemarts@hanmail.net

정가 : 10,000원
ISBN : 979-11-6284-142-6